I0582581

BRUJERÍA MORTAL

UN MISTERIO PARANORMAL DE LAS BRUJAS DE WESTWICK

LOS MISTERIOS DE LAS BRUJAS DE WESTWICK
LIBRO CINCO

COLLEEN CROSS

Traducido por
ELISA DE DIEGO

OTRAS OBRAS DE COLLEEN CROSS

Los misterios de las brujas de Westwick

Caza de brujas

La bruja de la suerte

Bruja y famosa

Brujil Navidad

Brujería mortal

Serie de suspenses y misterios de Katerina Carter, detective privada

Maniobra de evasión

Teoría del Juego

Fórmula Mortal

Greenwash: Un Engaño Verde

Fraude en rojo

Luna azul

No-Ficción:

Anatomía de un esquema Ponzi: Estafas pasadas y presentes

¡Inscríbete su boletín para estar al tanto de sus nuevos lanzamientos!

http://eepurl.com/c0js9v

www.colleencross.com

BRUJERÍA MORTAL

Merlot, Magia y asesinato...

El Festival Anual del Vino de Westwick Corners es la época de descorchar el vino y, según espera Cen, el momento en el que Tyler haga por fin la pregunta y se declare. Pero cuando uno de los asistentes del festival aparece muerto, queda claro que el merlot, la magia y el asesinato no maridan bien.

Brujería mortal es el Quinto libro de la serie Misterio paranormal de las Brujas de Westwick. Todos los libros se pueden leer por separado pero te gustarán más si empiezas por el primero, *Cuidado con lo que deseas.*

CAPÍTULO 1

*E*ra un día inusualmente frío para tratarse de octubre. Estaba atrincherada en mi oficina un viernes por la tarde. Tenía el calentador encendido a máxima potencia, en un intento de fingir que estaba en una isla tropical bebiendo piña colada bajo la sombrilla. En realidad, me veía apurada para terminar un encargo a tiempo. Sin embargo, no se me estaba dando muy bien editar a toda velocidad mi artículo especial del Festival Anual del Vino para el *Westwick Corners*. Mi cerebro no paraba de dejarse llevar por la idea de la piña colada, así que no estaba avanzando mucho.

Soy la reina de la procrastinación, razón por la que estaba atrapada en mi sucia oficina en el último piso de un edificio de cien años. El ruido de las tarimas al crujir, los silbidos de las tuberías y todo tipo de sonidos misteriosos eran mi única compañía. A veces, trabajar sola era inquietante.

Me había perdido la comida y me estaba costando concentrarme con el estómago rugiendo, así que decidí salir a tomar algo antes de que la cafetería del final de la calle cerrara. Acababa de coger la chaqueta cuando la puerta de la oficina de fuera se cerró de golpe. Me detuve. No esperaba a nadie.

Mi oficina está separada del resto por un semimuro. La parte de arriba del muro está formada por un cristal. Fue una novedad de los años cuarenta que tenía pensado cambiar en algún momento, pero al final había aprendido a apreciarlo. Me recodaba a una agencia de detectives de Sam Spade.

El *Westwick Corners Weekly* no es que digamos periodismo de vanguardia, así que nunca me habían preocupado los acosadores o cualquier otra locura. Hasta ahora, claro está, cuando solo había un semimuro entre un intruso sin identificar y yo.

No cierro las puertas con llave. Me gustaría, pues soy bastante reacia a correr riesgos, pero en Westwick Corners, simplemente, no se hace eso. Los pueblos pequeños tienen su propia presión social.

Nunca recibía visitas, y menos a esa hora del día, así que ¿quién podría estar en la oficina de fuera? Últimamente se había visto a algún que otro turista de paso por el pueblo. De repente, me entraron nervios por aquel inesperado visitante. Reprimí las ganas de preguntar quién era y, en su lugar, cambié la chaqueta por una escoba del armario de la limpieza. El elemento sorpresa me daría ventaja.

Fui de puntillas hacia la puerta que comunicaba con la oficina de fuera y esperé.

De pronto, una sombra oscureció el cristal mate de la puerta. ¡Una sombra enorme!

La puerta se abrió.

Mi única esperanza era un ataque por sorpresa. Di un escobazo fuerte y rápido.

—¡Cen! ¿Pero qué?

—¡Ay, dios mío, Tyler! ¿Estás bien? —bajé la escoba.

Mi guapísimo novio sheriff estaba agazapado sobre una rodilla en la puerta, con un brazo sobre la cabeza en señal de defensa.

—La verdad es que no me lo había imaginado así.

—¿Imaginado qué? Podías haber avisado al entrar. —Me puse roja mientras soñaba despierta otra vez. Tyler y yo estábamos en una playa al sur del Pacífico. Estaba apoyado sobre una rodilla, pidiéndome que me casara con él. Abría la caja del anillo y…

Tyler me miró con esos cálidos ojos marrones suyos.

—Cen, vivimos en un pueblo tranquilo. Sabes que yo te protegeré, pero relájate...

Siempre me sentía segura en sus brazos, pero se los podría haber partido fácilmente si hubiera golpeado un poco más fuerte. Aparté la escoba.

Fue entonces cuando vi la bolsa de papel marrón que llevaba en la mano y que casi hacía juego con su uniforme de sheriff. El contenido de la bolsa olía a magdalenas de plátano.

—¿Eso son...?

—Sí, tus magdalenas favoritas. —Tyler se puso en pie y me ofreció una—. Espero que sepas que estar saliendo con un poli no te da derecho a usar la fuerza.

Metí la mano en la bolsa y alcancé una magdalena aún caliente.

—Lo sé, lo siento. Es solo que... este edificio es un poco siniestro ahora que soy la única inquilina. —En otros tiempos, el edificio había acogido a abogados, contables y otros profesionales. Nuestro pueblo casi fantasma había vivido tiempos mejores y ahora apenas sobrevivía. La mayoría de la gente compraba y hacía negocios a una hora, en Shady Creek. De hecho, la mayoría estaba allí en esa tarde de viernes.

Tyler se inclinó para besarme.

—Sé que tienes que cumplir con los plazos, pero pareces algo tensa. Conoces a toda la gente del pueblo, ¿qué te da tanto miedo?

Mordí la magdalena, incapaz de aguantarme ni un segundo más.

—Nada, supongo. Es solo una sensación extraña... no lo sé. Quizás me he pasado con el café.

—Quizás. —Tyler sonrió—. En fin, me preguntaba si tenías planes para esta noche.

—Pues... solo contigo. ¿Por qué me lo preguntas? Siempre pasamos los viernes por la noche juntos. —Habíamos pasado prácticamente cada fin de semana juntos durante un año sin pedirle al otro una cita. En cierto modo, se daba por hecho. O eso pensaba yo. ¿Por qué preguntaba eso de repente?

—Ah, bueno, es solo que... Quería que esta noche fuera especial. Una noche con la agenda despejada y sin mirar el portátil. ¿Serás capaz?

9

—Claro, ¿a qué hora? — Sentí una gran presión por la necesidad de terminar las correcciones y lidiar con la catástrofe que me esperaba en el hostal familiar. Y luego había prometido ayudar a mi vecino a prepararse para el festival del vino...

—¿A las ocho te viene bien? Tengo que cerrar un caso.

—Perfecto. —No me iba a dar tiempo a nada pero me las apañaría de algún modo—. ¿Qué vamos a hacer?

—Es una sorpresa —dijo Tyler—, espero que te guste.

DURANTE EL RESTO de la tarde no pude sacarme de la cabeza la sorpresa de Tyler. Había sido todo un acierto no haberlo matado con la escoba.

Me las ingenié para acabar el artículo y poder parar a las cuatro de la tarde.

Bajé a Main Street. No se veía ni un alma. Había unos pocos coches aparcados a lo largo de las dos manzanas que contaban como el centro de Westwick Corners.

Plegué la última edición del periódico *Westwick Corner Weekly* debajo del brazo mientras me abrochaba el cuello para protegerme del frío. Hacía un frío exagerado para ser octubre y el viento creaba remolinos de hojas en torno a mis pies durante el camino hasta el coche. Tyler tenía razón: Westwick Corners era un pueblo seguro. Por otro lado, me habría sentido mejor si hubiera habido más gente cerca.

Me vino a la mente el reportaje especial sobre el Festival del Vino de Westwick Corners de este fin de semana. El festival anual era una de mis mayores preocupaciones porque las bodegas siempre compraban espacios para anunciarse, espacios que yo necesitaba desesperadamente antes del festival.

Hacía ya varios años que había comprado el pequeño periódico de la comunidad al antiguo dueño que iba a jubilarse; básicamente, me había comprado un trabajo para poder quedarme en mi pueblo natal. Como era la única empleada, me encargaba de todo, desde la información, fotografía y publicidad hasta la circulación del periódico. Apenas ganaba para mantenerme, pero era una de las pocas formas de ganarse la vida en este pintoresco pueblo, que comenzaba a revitalizarse lentamente tras décadas de abandono.

También pensé en la sorpresa de Tyler. Un novio sorprendiendo a su novia reducía las posibilidades. ¿Qué sería? ¿Una proposición? Siempre se me había hecho raro que el hombre tuviera que decidir dónde y cuándo ocurría eso. Al mismo tiempo, estaba nerviosa porque ya hacía un tiempo que quería pasar mi vida con él.

Finalmente, llegué a mi Honda CRV de aspecto desamparado que tenía aparcado unos portales más abajo. Rebusqué las llaves en el bolsillo y abrí la puerta. Aunque quería irme directa a casa y acurrucarme frente al enorme hogar de del hostal de Westwick Corners de mi familia, tendría que esperar. Ya me había comprometido a ayudar a mi vecino en apuros.

Antonio Lombard era un bodeguero de segunda generación que se había topado con unos tiempos difíciles. Dichos problemas se habían vuelto evidentes cuando le entrevisté para el periódico comunitario. Estaba escribiendo uno de los muchos artículos que saco cada año en los días previos al festival del vino que atrae a viticultores de todo el estado, incluidos media docena de bodegueros locales. Los artículos presentan bodegas locales, sus últimos vinos y a los bodegueros que los producen.

Según entrevistaba a cada participante para saber más sobre su vino, la conversación solía ir centrándose en cotilleos sobre la competición, la mayoría de los cuales yo imprimía. Los habitantes del pueblo devoraban esas historias y a menudo elegían a sus favoritos basándose más en detalles lascivos, que no eran pocos, en lugar de en los propios vinos.

Los competidores rivalizaban por distintos premios y había mucha participación. Ganar era algo más que presumir de unos derechos. Garantizaba la mayoría de las ventas del público a través del aumento de la publicidad y el reconocimiento del nombre. Los vinos mejor valorados también llamaban la atención de compradores de vino regionales y nacionales que aumentaban exageradamente el volumen de ventas y beneficios. En resumen, podía hacer que un negocio floreciera o quebrara.

Todo aquello parecía haber acabado con Antonio Lombard, quien, junto con su hermano Jose, gestionaba Vinos Lombard al final de la calle en la que vivíamos mi familia de brujas y posaderos a tiempo parcial. Nosotras también llevábamos una bodega incipiente, propiciada por mamá gracias a un par de años de supervisión y enseñanzas de Antonio. El hecho de que yo le echara una mano era algo más que una preocupación vecinal, de verdad le debíamos mucho.

Quizás hay quien piense que por ser una bruja podría lanzar un hechizo y resolver los problemas de Antonio, pero hay unas normas muy estrictas en cuanto a interferir en las vidas de otra gente. Y yo soy una fiel seguidora de las normas. No miento, engaño ni utilizo la brujería frívolamente. Vale, admito que con las dietas sí que hago trampas, pero en lo que se refiere a la brujería, siempre sigo las normas de la Asociación Internacional del Arte de la Brujería al pie de la letra. Romper las normas de la AIAB me podía costar mi licencia de bruja. Nunca me jugaría perder algo que tanto me había costado conseguir.

Cuando me senté en el asiento del conductor y me abroché el cinturón, me paré a pensar si sería demasiado tarde para ayudar a Antonio. Cuando el día anterior había ido a entrevistarle todo era un auténtico caos. Antonio apenas era coherente, ni siquiera después de haberle hecho ya tantas entrevistas que podría hacerlas mientras dormía. La bodega era un completo desastre, había cajas y canastos vacíos encima de cada superficie. Y eso no era lo peor: ¡todavía no había embotellado el vino para el festival del día siguiente! Era bastante obvio que mi vecino tenía un problema de los gordos.

A pesar de todo eso, escribí mi artículo de Vinos Lombard reutilizando algunas frases y fotos del artículo del año pasado. Cambié algunos detalles y conté muy vagamente los últimos acontecimientos de la bodega y de los vinos en el concurso de este año.

En realidad, no pasaba nada porque Antonio estaba pasando por una especie de parálisis mental.

Como yo era la reportera, redactora y editora de mi periódico de una sola persona, me podía tomar ciertas libertades con los sucesos. Además, como solía decir la tía Pearl, nadie iba a leer el periódico. La gente solo quería los folletos y los cupones que vienen dentro.

Tenía que hacer algo para ayudar a Antonio. A lo mejor podía recuperar tanto vino como para asegurarme de que Vinos Lombard aparecía en el festival. Acababa de girar la llave para encender el coche cuando unas manos frías me agarraron los hombros por detrás.

CAPÍTULO 2

—¡*S*ocorro! —grité, pero solo me salió un graznido.

Nadie iba a oírme en aquella calle desierta. ¿Estaban secuestrando el vehículo, a mí, o a los dos? Siempre me había sentido segura en Westwick Corners.

Hasta ahora.

—Cállate y conduce —susurró la voz. Aflojó ligeramente el agarre en mi garganta.

Era difícil determinar solo con un susurro, pero la voz me resultaba curiosamente familiar. Aunque me temblaban las manos, puse el coche en marcha. Tenía el pie puesto en el freno y me estrujaba los sesos para encontrar una escapatoria.

¿Debería intentar luchar contra mi asaltante? ¿Tocar la bocina? Nunca me habían tomado como rehén. Estuve un rato paralizada, intentando saber qué hacer.

—¡Por el amor de dios, Cendrine! ¿Vas a quedarte ahí todo el día?

Suspiré de alivio y aparté los dedos huesudos de mi cuello. La tía Pearl solo me llamaba por mi nombre completo cuando se enfadaba conmigo. No tenía ni idea de qué había hecho para enfadarla.

Probablemente nada.

—¿Cómo has entrado al coche? —pregunté.

—No te hagas la sorprendida; soy una bruja, al fin y al cabo. Y llegas tarde, como de costumbre. Se me estaba helando el culo esperándote más de una hora. ¿Por qué has tardado tanto?

—Tenía que acabar unas tareas. No habíamos quedado, ¿no? ¿Por qué te has metido en el coche? Espero que no hayas forzado la...

—Deja de interrogarme, Cen. Tenemos trabajo y no se va a hacer solo.

—No sé de qué hablas, tía Pearl. Yo ya tengo planes.

—Espero que no sean con ese novio sheriff tuyo. Sabes que no está trabajando en la oficina hasta tarde como te dijo, ¿verdad?

—Deja de intentar crear polémica. Es tu problema que no te guste, no se va a ir a ninguna parte.

—Yo sé dónde está, Cen. —La tía Pearl se llevó un dedo a los labios—. No me preguntes, porque no te lo puedo decir. He jurado confidencialidad.

No iba a darle la satisfacción de preguntar.

—Bueno, sea como sea, iba de camino a Vinos Lombard a ayudar a Antonio a embotellar el vino para mañana.

—No hagas como que solo quieres ayudar a Antonio. Ya sabes que por eso estoy aquí.

—Eh, no... no lo sabía.

—Siempre te llevas el mérito de todo. Pon esta chatarra en marcha y vámonos.

La tía Pearl ahora estaba sentada en el asiento de al lado; parecía más grande de lo normal en esa chaqueta larga acolchada. Debajo llevaba su chándal morado de velur y se cubría los pies con deportivas. Miraba fijamente hacia delante.

No recordaba haberla visto trepar para colocarse en el asiento delantero, así que supuse que me había lanzado un hechizo. Era una violación descarada de las normas de la AIAB, pero a la tía Pearl no le podía importar menos.

También estaba segura de que la idea de ayudar a Antonio se me había ocurrido a mí sola, pero decidí que no merecía la pena discutir.

—Yo no pido llevarme el mérito de nada, tía Pearl —susurré—. Me alegra que las dos vayamos a ayudar a Antonio. Así tardaremos mucho menos.

* * *

Llegamos a Vinos Lombard diez minutos después. Hacía un frío helador dentro del enorme y cavernoso edificio que hacía las veces de sala de catas y de bodega totalmente operativa. Habían apagado la calefacción así que me salía vaho de la boca cuando hablaba.

La bodega parecía estar en peor aspecto incluso que cuando la había visitado el día anterior. En la sala de catas había barriles volcados y cajas de vino apiladas, algunas bloqueaban los pasillos que conducían a las enormes cubas de acero inoxidable de la bodega. El suelo de cemento pulido estaba manchado con caminos de pisadas de barro. Las huellas iban y venían de la entrada frontal hasta la parte trasera del edificio, donde unas escaleras descendían a la bodega del sótano.

El escenario no podía ser más caótico; era todo lo contrario a la normalmente impoluta bodega.

Me dio un escalofrío. Daba más sensación de frío dentro de la bodega que fuera. Probablemente, Antonio había apagado la calefacción para ahorrar.

Las luces todavía brillaban sobre nuestras cabezas, así que al menos no le habían cortado la electricidad. Sospechaba que no tardarían mucho en hacerlo.

Antonio Lombard estaba sentado en una banqueta en la barra de la sala de catas, dándonos la espalda. Tenía los hombros hundidos y los codos reposaban sobre la barra.

—¡Antonio, mueve el culo! —La voz de la tía Pearl retumbó por la cavernosa sala.

Antonio dio una sacudida y se giró, sobresaltado.

—¿Qué quieres?

Iba sin afeitar y el pelo parecía habérsele vuelto gris durante la noche. En lugar de su típica camisa de golf caqui, llevaba una camisa blanca vieja con manchas de vino sobre unos vaqueros desteñidos con agujeros en las rodillas y los dobladillos deshilachados. Llevaba chanclas en vez de zapatos. Tenía una pinta tan desastrosa como la bodega. Nunca le había visto así.

—Eh… Vamos a embotellar el vino, ¿no te acuerdas? —A juzgar por el estado de la bodega, no se había acordado—. Dinos qué hay que hacer.

La tía Pearl meneaba el pie con impaciencia.

—No tengo todo el día, Antonio. ¿Quieres ayuda o no?

Antonio no la escuchó o hizo como que no la escuchaba. Miraba soñador a la distancia.

—¡Esto es ridículo! ¡Me arrastras hasta aquí y ahora nos ignora! —La tía Pearl seguía golpeteando el pie impacientemente—. El tiempo es oro, Cen.

—Yo no te he arrastrado hasta aquí. Te colaste en mi coche, ¿recuerdas? —Ya me arrepentía de haber dejado que viniera—. ¿Podemos concentrarnos en Antonio en vez de en discutir?

—Tú siempre tienes la última palabra —murmuró la tía Pearl.

Me llevé un dedo a los labios y hablé en voz baja.

—Antonio no está bien, tía Pearl, nunca le había visto así. Está distraído, o deprimido, o… No sé. Algo va mal y no quiero poner el dedo en la llaga.

La tía Pearl rio.

—¿Qué algo va mal? Qué encanto, te ha costado un rato darte cuenta de que Antonio ha perdido la cabeza.

Esperamos una hora a que Antonio se organizara, pero su atención estaba en cualquier otra parte. Vertió una muestra de vino de una de las enormes cubas de acero inoxidable e inmediatamente después volcó el vaso sin probarlo. Sus labios articulaban palabras sin sonido. Corría desde las cubas a la zona de embotellado, luego daba media vuelta como si hubiera olvidado alguna otra tarea. Corría escaleras abajo hacia el sótano. Un minuto después, reaparecía con las manos vacías y repetía el proceso.

Quería ayudarle, pero no me lo ponía nada fácil. Había trabajado muy duro para mantener el negocio familiar de Vinos Lombard a flote durante los últimos años, pero siempre tenía muy mala suerte. Parecía totalmente sobrepasado. Estaba atrapado en un bucle.

Nosotras también estábamos atascadas. Soy bruja, no psicóloga. Quería ayudar, pero no tenía ni idea de qué hacer.

La aguda voz de la tía Pearl perforó el silencio.

—¡Antonio, para esta locura! ¿Qué narices te pasa? ¡Céntrate!

Antonio se llevó las manos a la cabeza. Se tapó los oídos como para tratar de ahogar la voz de la tía Pearl. Movía lentamente la cabeza de un lado al otro, murmurando «no» a alguien invisible.

—Intento pensar pero... se me viene el mundo encima.

La tía Pearl echó a andar hacia Antonio antes de que pudiera detenerla. Se puso delante de él y le agarró los antebrazos con sus manos huesudas. Le agitó y le gritó a la cara:

—¡Espabila!

Me acerqué rápidamente para parar lo que estaba a punto de ocurrir.

—No creo que...

—Mantente al margen, Cendrine —graznó la tía Pearl—. Sé lo que estoy haciendo.

El carácter de la tía Pearl estaba a punto de suponer un problema, y Antonio ya lo había pasado bastante mal. Solo teníamos un objetivo: embotellar el vino y tenerlo listo para el festival.

Embotellar a última hora no era algo ideal, pero era nuestra única opción. Sin botellas, corchos y etiquetas, era prácticamente imposible conseguir aquello, incluso para una bruja. En teoría, podía recitar algún conjuro para hacer todas esas cosas, pero la brujería por beneficio propio estaba estrictamente prohibida, aunque fuera para llenar los bolsillos de otra persona.

Vinos Lombard había operado en Wetwick Corners durante generaciones. Ahora todo eso estaba en riesgo porque Antonio se estaba viniendo abajo. Me temía que la bodega estaba a punto de quebrar.

Todavía no me habían quedado muy claros los problemas de Antonio. La cosecha de uva de ese año había sido excelente y él era un bodeguero experimentado, así que debería haber tenido mucha actividad para estrujar las uvas y fermentar y clarificar el zumo en las enormes cubas. Pero para hacer eso, había que eliminar el vino del año anterior de las cubas y las botellas. Aún no se había puesto con esa tarea, y ese era el vino que necesitábamos para el festival.

El vino Lombard no podía embotellarse solo. El futuro de Antonio dependía de una buena imagen en el Festival Anual del Vino de Westwick Corners. Su futuro también dependía de que la tía Pearl le soltara los brazos, que se le habían puesto blancos por la falta de sangre en la zona del agarre.

Antonio mostraba una expresión de dolor, pero no vaciló. Sabía que cualquier muestra de debilidad solo haría que la tía Pearl clavara aún más. Era dos veces más grande que mi tía de cuarenta kilos, aunque, igual que todos nosotros, le tenía pánico.

—¡Tía Pearl! ¡Le estás haciendo daño! —Me acerqué a ella y, lentamente, le solté las manos de los brazos de Antonio. Probablemente debería haberla echado de mi coche cuando intentó estrangularme. Además de casi provocarme un ataque al corazón, nos estaba retrasando. No cabía duda que tenía un motivo secreto para estar aquí.

Mantuve un tono de voz calmado.

—Arreglemos esto juntos, pero lo primero es lo primero. ¿Dónde guardas las botellas?

Antonio suspiró y se dejó caer sobre una silla. Señaló un montón de cajas detrás de la mesa de embotellado donde nos habíamos apoyado la tía Pearl y yo.

—Ahí.

La tía Pearl sacó las cajas y las revisó una a una.

—Antonio, aquí no hay botellas. Estas cajas están vacías.

Antonio frunció el ceño.

—Qué raro. Parece que todas las botellas han desaparecido misteriosamente.

—¿Nos suplicaste que te ayudáramos y ni siquiera te molestaste en comprobar los suministros? —La tía Pearl hizo un aspaviento con las manos—. No han desaparecido ellas solitas. Admítelo, Tony. Se te olvidó pedirlas.

Antonio odiaba que le llamasen Tony. La tía Pearl le estaba sacando de quicio a propósito.

—Creo que tengo más botellas abajo, en el sótano —dijo.

—Genial, voy a comprobarlo. —La tía Pearl bajó las escaleras que conducían al sótano de la bodega.

Antonio se levantó de su asiento.

—Ya voy yo, tú no puedes entrar. El sótano tiene un cierre biométrico. Solo se puede abrir la puerta con mi huella dactilar.

—Ah... qué chulo —dijo burlona la tía Pearl—, ¿te has gastado el dinero en eso en vez de en las botellas?

Antonio la ignoró y se dirigió a la parte trasera del edificio, donde una escalera de caracol de hierro forjado llevaba al sótano.

—Tengo que ver esto.

Seguí a la tía Pearl escaleras abajo hasta un pequeño rellano que daba a la pesada puerta de acero del sótano. Un enorme barril de roble estaba colocado al lado de la puerta, dejando espacio solo para Antonio. La tía Pearl y yo esperamos en los últimos escalones mientras Antonio abría la puerta.

Sobre el pomo había una elegante cerradura con un teclado numérico y un cuadrado de cristal. Parecía bastante nuevo, y no recordaba haberlo visto antes. Había pasado un año desde la última vez que había bajado al sótano.

Antonio aporreó varias teclas en el teclado numérico antes de colocar el dedo índice en el cristal. La cerradura hizo un chasquido cuando se abrió. Antonio giró el pomo y abrió la puerta.

—Primero tengo que poner la clave de seguridad. Luego, el escáner biométrico analiza mi huella. Se supone que debería salir una luz verde, pero se fundió —dijo. Entró al gran sótano y nos hizo señas para que le siguiéramos.

La tía Pearl se detuvo en la puerta para estudiar el mecanismo.

—¿Ya está roto?

—El lunes vendrá el técnico a cambiar la bombilla. La puerta sigue funcionando bien, es solo la luz. ¿No te parece chulo? Solo se desbloquea con el código y mi huella. Es a prueba de ladrones.

—No te hace falta esa seguridad en Westwick Corners —dije.

—No las tengo todas conmigo, Cen. Últimamente, desaparecen cosas. Cosas pequeñas, como una botella de vino por aquí o por allí, y de vez en cuando, algunas herramientas. Me siento mejor si tengo el vino guardado bajo llave. Es imposible trucar esa cerradura.

La tía Pearl arqueó las cejas.

—Ah, ¿sí? Estoy segura de que puedo descifrarla. Dame el manual de instrucciones y descodificaré esta cosa como si nada. Soy una experta en tecnología, Antonio. Probablemente pueda arreglar hasta la luz en un santiamén. Si no estuviera jubilada, sería pirata informática. Las compañías me pagarían mucha pasta para identificar las vulnerabilidades de sus sistemas.

Antonio se rio.

—Lo siento, Pearl. Creo que he perdido las instrucciones. Espero que el instalador me dé otra copia cuando venga.

—Concéntrate, tía Pearl —susurré—. No tenemos tiempo para distracciones. Ni para brujería.

La tía Pearl hizo una mueca.

—Haré lo que quiera con mi tiempo, Ah, y una cosa más... ¡No acepto órdenes de brujas principiantes!

Por suerte, Antonio no podía oírnos por la distancia. Estaba arrodillado junto a una caja de vino, con los ojos entrecerrados para leer la letra pequeña de la misma.

El aire del sótano era frío, húmedo y rancio. Estaba construido a imagen y semejanza de las bodegas subterráneas de Francia, y rematado con muros de piedra abovedados y una atmósfera similar a la de una cueva. Daba la sensación de ser muy antiguo, pero solo tenía unos años. El sótano de la bodega se había excavado y construido a la vez que la bodega. Había costado mucho construir ambos, al menos, varios años de beneficios de la bodega. Ahí fue probablemente cuando empezaron los problemas en Vinos Lombard. El negocio familiar de los Lombard no era a una escala tan grande como para justificar semejante edificio. Las estanterías llegaban del suelo hasta el techo y se extendían quince metros en ambas direcciones. Estaban pensadas para sujetar las barricas de roble donde envejecía el vino. El año pasado habían estado llenas. Ahora, estaban casi vacías.

—Muy ingenioso. —La tía Pearl analizó las estanterías vacías del sótano—. Solo que aquí no hay nada que merezca la pena buscar.

—Ni siquiera las botellas vacías que necesitamos para llenar de vino. —Se me cayó el alma a los pies mientras investigué la habitación —. Antonio, ¿dónde están?

Se encogió de hombros.

—Ya os he dicho que las cosas se están perdiendo.

Saqué el móvil para llamar a mamá, pero había poca cobertura en el sótano de la bodega. Subí las escaleras y la llamé para contarle todos los detalles.

—Antonio puede tener todo lo que necesite —dijo—. Tengo cajas y más cajas con botellas. Ni siquiera tendría un viñedo de no ser por la ayuda de Antonio cuando empezamos hace unos años. Dile que puede coger lo que quiera.

—Gracias, mamá, iré enseguida.

—¡No!

Estaba confusa.

—¿Qué? ¿Por qué no puedo pasarme por ahí?

Hubo una pausa larga al otro lado del teléfono.

—No es un buen momento, Cen. Te... te lo explicaré luego pero no vengas a casa ahora mismo. Manda a Pearl aquí.

—Vale, pero...

Pero mamá ya había colgado. Estaba muy rara y no tenía ni idea de por qué. ¿Era cosa mía o todo el pueblo se estaba volviendo loco?

CAPÍTULO 3

*A*ntonio siempre era el primero que embotellaba cada temporada. Era detallista hasta un punto obsesivo compulsivo, y su bodega estaba siempre impecable. Pero eso era en ocasiones normales. Ahora, todo era diferente.

Westwick Corners acogía a solo unos cientos de personas, así que era inevitable enterarse de que un vecino tenía problemas. Nos ayudábamos los unos a los otros, por generosidad o por interés. Generosidad porque, en un pueblo pequeño, los vecinos confiaban en los demás. Interés porque si un engranaje se rompía, toda la rueda dejaba de funcionar. Sin comercios prósperos, el pueblo pronto dejaría de existir. Los problemas de los vecinos se volvían los nuestros y viceversa.

Bajé de nuevo al sótano, pero mis ánimos renovados se desvanecieron enseguida al ver a un Antonio tan inseguro.

—No me encuentro bien. —Antonio puso la mano sobre un barril para mantener el equilibrio—. Estoy mareado. Quizás haya estado trabajando demasiado.

—No has trabajado nada de nada, al menos por lo que yo veo —se burló la tía Pearl.

La miré antes de volverme hacia Antonio.

—Creo que es por la ventilación —dije—. El aire se nota cargado. Vamos arriba.

Le hice un gesto a la tía Pearl para que fuera delante de mí. La seguí y me detuve a mitad de las escaleras para esperar a que Antonio cerrase con llave la puerta del sótano. La puerta soltó un zumbido al bloquearse. Antonio comprobó el pomo y vino detrás de nosotras.

Mientras subía las escaleras, pensé que esas medidas de seguridad eran un poco exageradas. Después de todo, solo íbamos al piso de arriba. Ni siquiera nos marchábamos del edificio.

Una vez arriba, acompañé a Antonio a un taburete en la barra de catas y le indiqué que se sentara.

—Podemos hacerlo. Mamá dice que puedes cogerle unas botellas.

Antonio se encogió de hombros.

—Vale, supongo que merece la pena intentarlo.

La tía Pearl se aclaró la garganta. Estaba junto a la cuba que Antonio había dejado de lado unos minutos antes y miraba un vino a contraluz.

—Puaj, no puedes embotellar esta basura. ¿Qué es esta guarrería que flota? Parece agua de alcantarilla.

La tía Pearl tenía razón. Se suponía que el vino de las cubas estaba listo, fermentado, envejecido y clarificado, a un paso del embotellado. Un vino sin terminar, sin filtrar y sin envejecer nunca debería haber acabado en una cuba, y evidentemente no podíamos sacarlo al festival del vino. ¿Se había vuelto loco Antonio?

El hombre que yo conocía habría saltado del taburete y se habría puesto de los nervios con toda esta locura. En su lugar, se dio la vuelta sobre el taburete y señaló.

—No, de ese no —dijo con una voz grave—. Aún no está listo. La cuba de al lado. El meritage.

—¿Meritage? ¿Estás seguro? —Personalmente, me gustaba el meritage Lombard, pero no era una elección popular entre los asistentes del festival. La mayoría de la gente prefería los tintos con más cuerpo. La elección de Antonio equivalía a sabotearse a sí mismo. Casi nadie compraría el meritage y lo sabía—. El syrah es el mejor, y el cabernet sauvignon es siempre un éxito. ¿Por qué no lo intentamos con uno de esos?

Antonio frunció el ceño.

—Sí que recuerdo haber embotellado algo de cabernet, me pregunto dónde lo pondría.

—¿Qué tipo de operación de mierda es esta? ¿No tienes registros de nada? —refunfuñó la tía Pearl—. No se acuerda, ¡madre mía!

—Seguro que puedo encontrarlo. —Examiné el enorme almacén y me detuve en las estanterías del suelo al techo que albergaban los barriles de vino Lombard. Normalmente, las estanterías contenían los barriles de roble perfectamente alineados y llenos de vino. Cada barril solía estar cuidadosamente etiquetado con la variedad de vino y el logotipo de Vinos Lombard. Era habitual que Antonio tuviera una sección para cada vino: merlot, meritage, cabernet sauvignon, pinot noir y syrah, y con los vinos más antiguos apilados en las baldas inferiores para facilitar el acceso a los mismos.

Ahora, las estanterías tenían huecos enormes y solo había barriles desordenados en las dos baldas de abajo. Al parecer, no se había hecho ningún tipo de vino en mucho tiempo. Me acerqué para leer las etiquetas y suspiré: pinot noir, syrah, meritage... ¡Ni siquiera estaban en orden alfabético!

Pero el vino de los barriles no era mi principal preocupación, ya que aún estaba envejeciendo y no estaba listo para embotellar. Me propuse encontrar un vino que mereciera la pena embotellar yo misma.

Le lancé una mirada a Antonio mientras me aproximaba a la barra, me quedaba detrás del mostrador y cogía una copa de vino. Miraba al infinito y no me reconocía. Crucé la bodega, pasé por la entrada del sótano con la copa y me dirigí a los enormes tanques de aluminio que contenían el vino listo para embotellar. Si tenía que probar cada tanque de vino hasta encontrar algo decente, lo haría. No había otro modo.

Me paré en la primera cuba y puse la copa bajo el grifo. Era un cabernet sauvignon. Abrí el grifo y esperé a que saliera el vino.

Nada.

Ni una sola gota que indicara que se había usado hace poco. La cuba estaba completamente seca.

Probé con la siguiente. Tampoco había nada de vino. Obtuve el mismo resultado en una fila entera de cubas. No había cabernet sauvignon, cabernet franc ni cabernet de ningún tipo. Una sensación de horror recorrió mi interior, aunque yo no tenía nada en juego. Admiraba lo duro que había trabajado Antonio para que la bodega tuviera éxito durante años. Pero hacía mucho tiempo que nadie trabajaba aquí. Sentí una punzada de culpa.

¿Cómo no me había dado cuenta antes?

¡Una bodega tan fantástica sin vino!

Estaba a punto de rendirme cuando abrí el grifo de la última cuba. Para mi sorpresa, empezó a salir vino tinto y casi sobrepasó la copa antes de que pudiera cerrarlo. Di un generoso trago y degusté un tinto suave y con cuerpo. No es que fuera una experta, pero estaba bastante segura de que era un syrah, y uno muy bueno. Solo necesitábamos que hubiera bastante como para embotellar para el festival del vino y, a juzgar por el tanque lleno, había suficiente casi con toda seguridad.

Di una profunda bocanada de aire y me serené mientras volvía a la barra. El futuro de Antonio dependía de esto. Me tembló la mano cuando le acerqué la copa a Antonio.

—Creo que es un syrah. ¿Qué opinas?

Antonio miró la copa a contraluz y la estudió un momento antes de llevársela a los labios y dar un trago largo. Tragó y soltó un suspiro de satisfacción.

—Ah, el syrah de 2016. Este gustará.

—Genial. Tía Pearl, ve a casa a por las botellas de mamá. —Le lancé las llaves de mi coche, aliviada de que Antonio pareciera haber recuperado su compostura.

—Sí, jefa. —La tía Pearl frunció el ceño y me hizo una burla, pero salió.

Necesitaba unos minutos a solas con Antonio para averiguar qué pasaba. Solo podía hacerlo sin las interferencias de la tía Pearl.

Esperé hasta que las ruedas rascaron la gravilla y la tía Pearl salía del aparcamiento. Me giré hacia Antonio.

—¿Dónde está Jose? —El hermano menor de Antonio solía estar fuera en viajes de trabajo y nunca aparecía cuando había que llevar a cabo ninguna tarea. Supuestamente, él se encargaba de las ventas, la publicidad y otros asuntos que no estaban relacionados con las uvas o el vino. Tenía la sospecha de que elegía actividades que le mantuvieran alejado de la bodega y de su perfeccionista hermano.

Ya que últimamente las ventas eran escasas y de sus frecuentes viajes de negocios rara vez se conseguía cerrar algún trato, sospechaba que los rumores de su vida al estilo *playboy* eran reales.

Antonio se encogió de hombros.

—Se supone que está repartiendo un camión de pedidos de vinos a los clientes. No se puede confiar mucho en él, pero es lo único que puedo encargarle. Estropea todo lo que toca.

—Pensaba que se encargaba de las ventas —dije.

Antonio se rio.

—Es un vendedor pésimo, aunque tampoco le dedica mucho tiempo. No quiere saber nada del negocio y espera que yo haga todo el trabajo. Es el peor compañero. Me encantaría comprarle su parte.

—Deberías.

Los hermanos eran polos opuestos. Jose tenía sus derechos, pero era vago. Antonio era modesto y trabajador. También estaba casi siempre contento. Ahora, ya no era ninguna de esas cosas.

—No puedo comprarle su parte, Cen. Las ventas son tan lamentables que apenas puedo pagar las facturas de servicio. Comprar la parte de Jose no entra en mis planes, y tampoco es que él fuera a permitirlo.

—Estoy segura de que el festival le va a dar la vuelta a esto. —Tenía mis dudas, pero quería sonar esperanzadora.

—Lo dudo. El del año pasado fue un auténtico desastre. Me he cansado de intentarlo. —Antonio cogió unas cajas vacías de Vinos Lombard y las apiló contra el muro de la parte trasera del edificio.

Miré la bodega en busca de respuestas.

—Se me ocurre alguna que otra cosa pero, antes de nada, vamos a limpiar y a organizar todo para embotellar. —Me acerqué a la barra de embotellamiento y revisé el equipo. Al menos, la zona de embotellamiento estaba despejada. Tenía polvo, como lo demás, como si no se hubiera utilizado en meses.

Como nosotras, la familia de Antonio había vivido en Westwick Corners durante generaciones. Los hermanos heredaron Vinos Lombard después de la muerte de sus padres. La bodega debía su prestigio a la calidad de sus vinos, pero sobre todo en los últimos años gracias a que Antonio había perfeccionado sus habilidades vinícolas. Últimamente, algo había cambiado y teníamos que revertirlo mientras estuviéramos a tiempo.

Encontré corchos tras la encorchadora y busqué los tapones y etiquetas correspondientes en el almacén incorporado detrás de la mesa. Al menos, estaban pulcramente organizados por orden alfabético. Encontré las etiquetas plateadas de Vinos Lombard Syrah y las coloqué detrás de los corchos.

—Quizás podrías encontrar a otro socio para que compre la parte de Jose —sugerí.

Antonio negó con la cabeza.

—¿Quién iba a comprar este sitio? Está lejos de los mercados principales y el tiempo es caprichoso. Ya no podemos competir.

—Solo es una mala racha, Antonio. Ya tenías éxito antes y volverás a tenerlo, empezando por el festival.

—Eso era antes de que llegara Desiree y abriera Bodegas Valles Frondosos. Se queda con los mejores puestos en el festival y monopoliza a todos los compradores. Habla mal de mis vinos solo para hacer que los suyos parezcan mejores. Cada año nos roba más mercado. Tiene al jurado en el bolsillo y volverá a ganar este año igual que los anteriores. ¿Para qué molestarme en presentar mi vino? Solo de pensarlo me pongo enfermo.

—No dejes que te afecte. Este año, será diferente —mentí. Desiree LeBlanc era implacable y no se detendría ante nada con tal de llegar a ser la número uno. Iba a ganar, pero Antonio tenía cosas más importantes de las que preocuparse que ser el ganador del Vino del Año. Se arriesgaba a perder su negocio y su forma de vida, a menos que hiciera una aparición decente y llamara la atención, y el dinero de los compradores del festival del vino. El festival de un día solía suponer la mitad de las ventas anuales de una bodega. Los compradores venían de todo el país. El Festival Anual del Vino de Westwick Corners era pequeño, pero se planeaba estratégicamente para ser uno de los últimos eventos del vino del estado de Washington.

Apenas habían pasado cinco minutos cuando la puerta se abrió y la tía Pearl hizo su aparición. Sus largos brazos sujetaban dos cajas de vino por encima de su cabeza, ensombreciéndole la cara. Lo único que se veía detrás de los cartones era un cuerpecillo huesudo con chándal morado de velur.

—¡Qué rápida! —Antonio abrió los ojos de par en par—. Debes de haber ido volando.

La tía Pearl sonrió burlona.

—Prácticamente.

La miré. No había ido a casa a por las botellas de mamá. Había lanzado un conjuro para crear ella misma las botellas a la entrada de la bodega, probablemente a la vista de cualquiera que tuviera ocasión de estar mirando. Era una demostración flagrante de brujería, e iba contra las normas de la AIAB.

Sin aliento por el esfuerzo, la tía Pearl caminó hasta la barra de embotellar y dejó las cajas de cartón en el suelo. Inclinó la cabeza hacia la puerta y el aparcamiento de fuera.

—El resto están en el coche, espero que sean suficientes.

—Nada es suficiente. —Antonio se pasó una mano por su despeinado pelo color sal y pimienta y caminó hacia el coche—. En mi opinión, es demasiado poco y demasiado tarde para salvar la bodega.

—No, no lo es. Piensa en positivo, Antonio. Vamos a hacer que vuelvas a coger el ritmo. —Abrí la puerta trasera y apilé tres cartones sobre los brazos extendidos de Antonio. Cogí otros dos cartones yo misma y le seguí al interior de la bodega. Me giré hacia él cuando hubimos apilado los cartones sobre la enorme barra de embotella-miento—. No te preocupes, Antonio. Saldremos de esta juntos

Juntos. Eso me recordó a Tyler y su sorpresa. La única vez que había actuado de forma tan misteriosa fue cuando me llevó a su ciudad natal para presentarme a su madre poco después de que empe-záramos a salir. ¿Estaría planeando otra ocasión especial?

No habíamos hablado oficialmente de matrimonio, pero nos estábamos dirigiendo a ese punto sin duda. ¿Estaría a punto de proponérmelo? Me imaginaba nuestra boda, una pequeña e íntima ceremonia en un jardín seguida de la recepción...

Un enorme estruendo me sacó de mis pensamientos.

La tía Pearl estaba dando palmas y gritándome al oído.

—¡Cen! ¡A lo que estamos! Una persona comatosa ya es mal asunto, pero me niego a ocuparme de dos. No voy a cargar yo con todo el trabajo.

—En ningún momento te he dicho que hagas ningún trabajo. Ni siquiera te he invitado.

—Bueno, evidentemente no puedes con esto tú sola, y Antonio es una causa perdida. No pensarás que Tyler se va a proponer, ¿no? Si lo hace, me tragaré mis calcetines.

—¿Por qué iba a pensar eso? —Me sonrojé mientras lo negaba.

—Lo sé to-do. —La tía Pearl se burló con su voz cantarina—. Espero que el jardín de tu boda no tenga un cadáver esta vez.

—¿Qué? —¡No! ¿La tía Pearl podía leerme la mente?

La tía Pearl bufó.

—Pues claro que puedo leerte la mente, Cen. ¿Por qué crees que estaba esperándote en el coche? No le habías dicho a nadie que ibas a ayudar hoy a Antonio. Sabía lo que te rondaba la cabeza, así que una vez más, he venido al rescate.

La abuela Vi era la única que podía leerme la mente. Había desarrollado ese talento tras convertirse en un fantasma. Siempre había asumido que era un poder de fantasmas, no de brujas. Esperaba que la tía Pearl se estuviera tirando un farol.

—Ah, aún te queda por aprender, Cen. Tu nivel de brujería es básico, como mucho. Ya sabes lo que dicen: la ignorancia no tiene límites. He visto a Tyler hablando con Ruby cuando estaba cogiendo las botellas. A lo mejor le estaba pidiendo permiso para...

Mamá adoraba a Tyler, así que la respuesta obvia era que sí. Pero no me imaginaba que Tyler fuera a hacer eso realmente. Al fin y al cabo, esto era el siglo veintiuno. Yo no era una propiedad familiar que pudieran repartir. Solo yo tenía derecho para decidir con quién casarme. La tía Pearl se lo había inventado todo.

—Recuerda, Cen… Sé todo lo que piensas. —La tía Pearl sacó su teléfono del bolsillo y pasó unas cuantas fotos—. Ah, aquí está… La foto que le he echado al Jeep de Tyler aparcado fuera de la posada. Tiene la hora y la fecha de hace quince minutos.

—Déjame ver eso. —Cogí el teléfono y estaba en lo cierto. El Jeep de Tyler estaba aparcado fuera de la posada. ¿Era una ilusión, una parte de un hechizo de la tía Pearl? No, la foto tenía que ser real porque la tía Pearl decía que el retoque de fotos mágico era tedioso y estúpido. No era su tipo de hechicería. Solía decantarse más por los efectos especiales y el drama. Si estaba detrás de algún truco que incluyera a Tyler y una proposición de matrimonio, seguro que tenía que ver con fuego, explosiones y un novio diferente, todo a la vez.

La tía Pearl sonrió con satisfacción.

—¿Quieres saber cuál es la sorpresa de Tyler? Ya sabes que puedo leer la mente de cualquiera, incluso la de Tyler.

Me tapé los oídos y negué con la cabeza.

—No, quiero escucharlo de Tyler, no de ti. —Si de verdad tenía telepatía, ya habría oído miles de cotilleos jugosos de otra gente porque la tía Pearl era incapaz de guardar un secreto. Tenía que ser mentira, y yo no estaba picando en su anzuelo.

Tyler me revelaría la sorpresa en solo unas horas.

¿Tan dura iba a ser la espera?

CAPÍTULO 4

*L*a tía Pearl, Antonio y yo llevamos las cajas de botellas que quedaban a la bodega y las depositamos sobre la barra de embotellamiento.

Antonio suspiró.

—Ya no puedo seguir con esto, Cen. La producción de vino es una forma de arte. Lleva tiempo hacer un vino de calidad. Ahora estoy compitiendo con un puñado de empresas nuevas que ni siquiera cultivan sus uvas. El mercado está inundado de vino barato últimamente.

La tía Pearl dejó escapar un largo suspiro.

—Es vergonzoso que tengas que competir con esa basura. Como te he dicho antes, estoy deseando ayudar.

La oferta de la tía Pearl me resultaba sospechosa, su ayuda siempre tenía un precio. No quería que nadie se aprovechase de Antonio. Había ayudado a nuestra familia en los tiempos difíciles e incluso había ayudado a mamá a montar su propia bodega. Ahora, el merlot tinto Hora de Brujas era por fin lo bastante bueno para competir en el Festival del Vino de Westwick Corners. No solo era bueno, era magnífico.

Me giré hacia la tía Pearl.

—¿Cómo piensas ayudar a Antonio, exactamente?

—Secreto comercial. —La tía Pearl se llevó un dedo a los labios.

No me gustaba su insinuación de brujería. Me giré hacia Antonio.

—Definitivamente, el mercado está complicado, pero tus vinos son exquisitos. A lo mejor necesitas más publicidad para que tus vinos ganen en visibilidad.

Antonio negó con la cabeza.

—Jose dice que promociona nuestros vinos en todas partes pero que nadie los compra porque son demasiado caros. Bueno, llevan cinco años con el mismo precio, aunque los gastos han aumentado. No puedo vender a un precio que no cubre los gastos, y me niego a comprometer la calidad.

—Tiene que haber otra razón —dijo la tía Pearl—. Hasta Ruby está sacando beneficios después de solo dos años. Quizás estás gastando...

La corté.

—Mamá está sacando beneficio gracias a la ayuda de Antonio, tía Pearl. Creo que Antonio sabe lo que hace.

Westwick Corners no era precisamente Napa o Sonoma, y el este de Washington no tenía el mismo caché que el terruño de California.

Terruño era una palabra que usan los franceses para describir los factores ambientales que se combinaban para hacer que cada vino fuese único. El sol, la lluvia, el viento, el suelo, la orientación de la bodega y la elevación, todo junto creaba la esencia o el carácter del vino. Las condiciones creaban vinos únicos para cada región, y para cada estación.

Westwick Corners está situado en un valle fértil con un suelo rico y limoso. Las montañas al este bloqueaban la lluvia y las nubes y nos daban veranos cálidos y secos. Las noches frescas traían unas condiciones perfectas para los vinos afrutados y ácidos como el cabernet sauvignon y para los tintos con cuerpo como el merlot y el syrah.

Los veranos cálidos y secos de Napa y Sonoma suponían un clima óptimo para el chardonnay, el cabernet sauvignon y el pinot noir. El valle de Westwick sumaba unos trescientos días de sol al año, cuarenta más que en el ligeramente menor valle de Napa. Estábamos más al norte y éramos menos conocidos, y nuestras bodegas solían tratarse como negocios familiares menores. Y todo eso se reflejaba en nuestros precios.

El merlot tinto Hora de Brujas de mamá se vendía bien aunque no se reconociera su nombre. ¿Por qué de repente Antonio, el mentor de mamá y la inspiración de nuestra bodega, tenía tan mala suerte?

—Tiene que haber una razón diferente al precio. Nunca has tenido problemas para vender.

No quería señalar a nadie, pero la razón evidente era la falta de suministro, no la falta de demanda. Antonio no estaba haciendo vino.

—Jose dice que hemos perdido mucha competencia en el mercado y que es una batalla que no podemos ganar. Quiere vender la bodega antes de que deje de ser rentable. Lleva meses presionándome y por eso no va a ayudar más. Me está poniendo contra la espada y la pared.

Ambos hermanos habían heredado la bodega familiar hacía casi una década. A Jose le daba igual quedarse o vender la bodega, incluso a pesar de que Antonio llevara toda la carga de trabajo.

Tenía que haber otra forma.

—¿Y si cambiara de opinión?

Antonio negó con la cabeza.

—Es imposible.

—¿Y si le compramos a Jose su participación? —dijo la tía Pearl agudamente—. Tengo un plan para darle la vuelta a la situación.

Levanté la mano en señal de protesta.

Ahora no, tía Pearl.

—Chsss, Cen. Siempre me mandas callar a la primera de cambio. Solo quiero ayudar.

Una voz de mujer se coló desde el exterior, seguida de unos pasos por las escaleras de la bodega.

—¿Qué decís de Jose? Casi nunca está aquí.

Unos segundos después, la asistenta de Antonio, Trina, entró en la bodega. Llevaba un vestido de tirantes a pesar del frío, y la cara sonrojada aparecía enmarcada en los bucles rizados que se escapaban de la coleta. La cara le brillaba por el sudor mientras se pasaba una mano regordeta por la frente.

—Lo único que quiere hacer Jose es llevar el negocio a la ruina. Nunca he visto a nadie que quiera sabotear su propio negocio.

—Ya está bien, Trina —se reafirmó Antonio—. Ya les he contado que Jose me está presionando para que venda.

Trina miró a Antonio con adoración.

—Sin tu trabajo duro ni siquiera habría bodega. No es de mi incumbencia, pero lo diré de todas formas: tu hermano es un desagradecido y se cree que esto es suyo por derecho.

—Por supuesto que es de tu incumbencia, Trina. Llevas en la bodega casi tanto como yo. No podría haberlo hecho posible sin ti. De hecho, no te culparía si decidieras marcharte. Puedes conseguir algo mejor que esto —Antonio señaló toda la sala.

Trina alzó los brazos.

—¿Y qué iba a hacer? He invertido tanto como tú, al menos, emocionalmente. Me encanta este lugar.

La tía Pearl frunció el ceño y soltó un juramento por lo bajo.

—Que ha invertido lo mismo, ¡ja! ¡Va a por el dinero!

Trina arrugó el gesto.

—¿Qué?

—Ni caso —puse un brazo sobre el hombro huesudo de la tía Pearl y la alejé para que nadie nos escuchara—. Trina es uno de los motivos principales por los que este lugar sigue funcionando. Es una empleada más que dedicada, se preocupa de verdad por la bodega y por Antonio.

—¡Ja! Es todo un montaje. Esa libertina enamoradiza quiere echar mano a la fortuna de los Lombard. Me apuesto lo que quieras a que esa cazafortunas ya está planeando la boda.

—¿Qué fortuna crees que va a cazar? —dije poniendo los ojos en blanco—. Por lo que ha dicho Antonio, la bodega está casi en bancarrota.

—Seguro que Trina saboteó el negocio para poder rescatarle después. Quiere salvarle de sí mismo. —La tía Pearl sonrió con malicia —. Él está totalmente obsesionado con el vino y Trina lo está con él. No me extraña que los dos estén solteros.

—Tía Pearl, no interfieras en…

—Mírala, Cen. Haría cualquier cosa por él y el pobre Antonio no se entera de nada.

—Trina no…

—Quizás tengas razón —dijo la tía Pearl demasiado contenta.

—¿Por qué de repente me das la razón?

La tía Pearl sonrió.

—Siempre hay una primera vez para todo, Cen. He estado trabajando en mí misma, intentando ser más agradable. Earl dice que es bueno ver todas las caras del mismo problema.

—Earl tiene razón. Todo el mundo se merece ser feliz, hasta tú y Earl. —Si me preguntan, el novio de la tía Pearl era lo mejor que le había pasado. Además de que sus nombres rimaban, era un ejemplo de manual de que los opuestos se atraen. Su naturaleza agradable calmaba a la tía Pearl y la transformaba en una persona más simpática. A Earl le encantaban sus travesuras. Me gustaba mucho cómo la mantenía bajo control.

—Mmm… Puede que tengas razón. Antonio y Trina harían buena pareja, pero nunca lo sabremos porque Antonio nunca se va a lanzar. Puedo arreglarlo en un periquete. —La tía Pearl arqueó los brazos y murmuró—:

Reina de corazones:
Deja que estas dos almas se unan.
Envía tus dardos de amor,
deja que las promesas se vuelvan una,
acariciadas y mecidas por el viento.
Un futuro romántico se forma.

¡El Hechizo de Atracción!

La tía Pearl juntó las manos.

—Esto va a ser divertido.

Me estremecí, esperando que los resultados fueran mejores esta vez. Recordaba demasiado bien cuando la tía Pearl había lanzado el mismo hechizo sobre mí y un mafioso de Las Vegas. No había salido bien. Por suerte, el desastre se había evitado cuando el hechizo se rompió accidentalmente con un vaso que se hizo añicos.

Reventar las botellas de mamá quedaba fuera de la ecuación porque Antonio necesitaba todas y cada una de ellas para embotellar el vino. Además, todo lo que yo deshiciera volvería a hacerlo la tía Pearl segundos después.

—¡Tía Pearl, revierte el hechizo! No puedes jugar con las vidas de la gente. No son piezas en un juego.

—Pues claro que lo son, se llama el juego del A-M-O-R, Cen. Tú misma has dicho que se merecían ser felices, así que eso he hecho. Trina está entusiasmada por que Antonio por fin la mire. Mira, hasta Antonio está sonriendo.

Era cierto. Antonio tenía una expresión de satisfacción y Trina rebosaba felicidad. Antonio miró a Trina como si la viera por primera vez. Se había sonrojado y esa tristeza y melancolía habían dado paso a felicidad.

Trina estaba roja.

—Este vino no se va a embotellar solo.

De pronto, la voz de Antonio se había vuelto grave.

—No, no lo hará.

Sus ojos no podían apartar la mirada el uno del otro.

El vino no se iba a embotellar solo, desde luego, si es que llegaban a embotellarlo.

—Que todo el mundo descanse un poco —dijo la tía Pearl—. Yo me ocupo del embotellado. Sentaos, relajaos y no os preocupéis por nada.

La tía Pearl apenas había movido un dedo en su trabajo de gestora de la posada de Westwick Corners. No podía imaginármela organizando todo el trabajo cuando no tenía nada que ganar. A menos, claro estaba, que sí tuviera algo que ganar.

—Revierte el hechizo o lo hago yo.

Técnicamente, yo no podía revertir ningún hechizo, pero podía lanzar otro para cancelarlo. Todo se podía liar y lo consideraba un último recurso.

Me dolía. Si Trina y Antonio se hacían felices, ¿quién era yo para evitarlo? Por otra parte, teníamos mucho vino para embotellar y dudaba que la tía Pearl mantuviera su palabra y terminara el trabajo. En el poco probable escenario de que lo hiciera, alguien, concretamente yo, tendría que deshacer todas las capas de hechizos.

La tía Pearl interrumpió mis pensamientos.

—¿No te parece que Antonio y Trina se merezcan un poco de amor? ¿En qué se diferencia esto a tu loca obsesión con el sheriff?

—Tía Pearl, tiene nombre. Y, además, no estamos locos ni bajo ningún hechizo.

Entrecerró los ojos.

—Eso no puedes saberlo. ¿Cómo sabes que no os lancé un hechizo? Lo hice y lo sabes.

—No harías eso porque ni siquiera te gusta Tyler. —Al ser el sheriff, Tyler era el archienemigo de la tía Pearl. Ella asumía que estaba por encima de la ley y Tyler le hacía saber que eso no era así.

—No es verdad, es solo que el sheriff Gates me parece un poquito tiquismiquis. Siempre viene con nuevas multas y normas.

—Puedes llamarle Tyler. No se inventa ninguna norma, solo está aplicando las leyes que tú rompes. Solo hace su trabajo, tía Pearl.

La tía Pearl suspiró melancólica.

—No debería haber echado a ese sheriff vago del pueblo. No sabes lo que tienes hasta que lo pierdes.

—Eso es cierto. —Recordé que hacía un año, la bodega de Vinos Lombard funcionaba con normalidad—. Ahora, revierte el hechizo de Trina y Antonio.

—Después, primero tenemos que conseguir algo de información.

—¿De Antonio? ¿Por qué?

La tía Pearl puso los ojos en blanco.

—Dios, Cen, ¿crees que te lo voy a decir? Puede que te llames a ti misma periodista, pero siempre pierdes las oportunidades. Te queda mucho por aprender.

Estaba a punto de preguntar por qué necesitaba espiar a Antonio cuando me sonó el teléfono. Qué coincidencia; era Tyler. Por fin iba a contarme el plan de la noche. ¿Sería un anillo de compromiso?

Me lo imaginé arrodillado, con una cajita de terciopelo azul en la mano. Un anillo con un diamante precioso, perfecto para mi dedo porque Tyler tenía en cuenta ese tipo de cosas. Descorcharíamos una botella de champán...

—¿Cen? ¿Sigues ahí? —la voz de Tyler me sacó de mi sueño.

—Eh, sí, lo siento. Estaba intentando organizar todo con Antonio. ¿Dónde estás?

—Yo... De camino a casa. En cuanto a lo de esta noche... ha surgido algo, ¿podemos dejarlo para mañana? Después del festival del vino, claro.

—Claro, ¿por qué? —Mis ánimos se desvanecieron aunque intentara sonar optimista.

—Todavía no puedo decírtelo. ¿Te recojo mañana sobre las nueve para el festival?

—Claro, nos vemos. —No mencionó nada sobre visitar a mamá, y a mí no se me ocurrió una excusa para preguntárselo. ¿Y si había cambiado de opinión en cuanto a lo nuestro? Que estúpida era por haber asumido que iba a proponerse. ¿En qué estaba pensando?

Volví a guardar el móvil en el bolsillo. Si la tía Pearl nos había lanzado un Hechizo de Atracción como aseguraba, ¿lo habría deshecho en Tyler? Eso significaba que el amor que sentía Tyler por mí no era real, que nuestro futuro juntos...

La tía Pearl me tiró de la manga.

—Dios, Cendrine, ¡muévete! ¡Tenemos un negocio entre manos!

La aparté.

—¡Un minuto!

Tenía que recomponerme o la tía Pearl vería la decepción escrita en mi cara. Había estado esperando la sorpresa de Tyler toda la semana. Ahora, por alguna razón misteriosa, eso no iba a ocurrir.

Miré a Trina y Antonio. Habían dejado de mirarse y ya estaban organizando la zona de embotellamiento. Ahora, trabajaban mucho y en perfecta sincronía. Habían colocado el vino y ya estaba listo para que lo vertieran en las botellas. Habían organizado las etiquetas, corchos y encorchador en una fila de montaje.

Eran muy buenos el uno para el otro, con o sin hechizo. Quizás los hechizos de la tía Pearl no fueran tan malos, después de todo. A veces, hace falta una chispa para encender una hoguera.

Arrastré los pies para volver con la tía Pearl, pero se me habían quitado las ganas de todo. Estaba asignándoles más tareas a Antonio y Trina.

—¿Por dónde empiezo? —pregunté.

La tía Pearl no estaba escuchando. Había centrado su atención a la ventana. Fuera, un Corvette rojo antiguo entraba por la puerta principal de Vinos Lombard.

CAPÍTULO 5

—*E*sto va a estar bien. —La tía Pearl se secó las manos en los muslos y salió.

No estaba segura de lo que estaba ocurriendo, pero salí detrás de ella.

El frío viento de hacía unas horas había desaparecido. La temperatura había subido unos grados, aunque fuera aún hacía frío.

El Corvette antiguo cromado rojo manzana metalizado brillaba bajo el sol a medida que el conductor trazaba un semicírculo en el suelo para quedar de cara a la puerta, listo para una salida rápida. El coche estaba impoluto; era un modelo de principios de los sesenta con neumáticos de banda blanca y llantas de lujo.

La capota estaba bajada y no me costó reconocer la cabeza calva del conductor cuando aparcó. Richard Harcourt, el dueño del banco de Westwick Corners, que al parecer había cambiado su práctico monovolumen por un caro coche de coleccionista.

¿Sería un coche de crisis de la mediana edad? Ya tenía un lío con una mujer más joven, Desiree LeBlanc.

Redirigí mis pensamientos a la razón por la que Richard estaba aquí. Llevaba mucho tiempo siendo jurado del festival del vino, así que no debería estar fraternizando con Antonio, un concursante. Por otra parte, Desiree también participaba y, desde luego, había fraternizado con ella. ¿Habría algún cambio de última hora en el festival? Esperaba que no, porque eso implicaba que Antonio y mamá tendrían más trabajo.

Richard se quedó dentro del coche con el motor apagado. Parecía no prestarnos atención y no tener prisa para salir. Se me hizo un nudo en el estómago; algo me decía que esto no era una visita de cortesía. Antonio me había confiado que no llevaba al día los pagos de la hipoteca. Una buena actuación de su vino mañana podría cambiar eso rápidamente, claro está. Era lo único que le hacía falta para que el dinero volviera a fluir. Todo el mundo sabía que el negocio del vino va por estaciones. Suponía que Richard tenía la decencia de dejarle a Antonio un poco de margen para arreglar las cosas. Corrí dentro para avisar a Antonio; ya sabía que eso no iba a ocurrir.

Pronto me pareció obvio que Richard se hubiera quedado en el Corvette. Estaba esperando a alguien.

El Cadilllac negro de Jose entró al aparcamiento y estacionó de cualquier manera a unos metros del Corvette de Richard. Los dos hombres salieron de los vehículos y caminaron hacia la entrada de la bodega, susurrando.

Richard, con su metro noventa, tenía la dudosa distinción de ser el hombre más alto del pueblo. Tenía que inclinarse ligeramente para hablar con Jose, que a pesar de medir un metro ochenta parecía mucho más bajo de lo que era comparado con Richard.

Aunque Jose era unos centímetros más alto y delgado que su hermano mayor, era obvio que Antonio y él eran hermanos. Ambos tenían el mismo pelo corto y oscuro con destellos grises. Ambos iban bien afeitados y bronceados, aunque Jose tenía un brillo importado de la Costa Azul y el bronceado de Antonio se debía al viñedo.

Por entonces, Antonio y Trina ya habían salido de la bodega. Ambos estaban sin aliento y sonrojados. Aún hacía frío en la bodega, así que su apariencia tan calurosa debía haber sido el resultado del hechizo de la tía Pearl. Lógicamente, habían estado haciendo algo más físico que embotellar el vino. La tía Pearl tendía a lanzar sus hechizos de atracción en el peor momento, pero quedaba claro por la cara roja de Antonio que estaba furioso por ver a Richard y Jose.

Hasta una magia poderosa podía verse superada en ocasiones por emociones más potentes.

La ira latente de Antonio se volvía evidente con cada paso que daba. Tenía las manos a cada lado del cuerpo y los puños cerrados.

—¿Qué está haciendo aquí? —susurró Trina—. Se supone que tenía que estar yendo al sur a repartir el vino. ¿Dónde está el camión?

—Conociendo a José, probablemente atascado en una zanja —rio la tía Pearl.

—No tiene gracia —dije bruscamente.

—No quería ser graciosa. Contéstame otra vez así, Cendrine, y pondré más poder en el hechizo de...

Levanté la mano en señal de protesta.

—No.

—¿Qué harás qué? —Trina miró fijamente a la tía Pearl.

—Nada, no es importante —contesté.

Trina había trabajado para Vinos Lombard durante décadas, así que era comprensible que sintiera que una parte le pertenecía aunque solo fuera una empleada. Con los años, había invertido sudor por encima de su sueldo. A veces, ese sueldo llegaba tarde. Había pocos trabajos en el pueblo, y había también pocos empleados con semejante lealtad y dedicación. Por supuesto, parte del motivo de actuar así era que estaba enamorada de Antonio. El hechizo de la tía Pearl había duplicado o triplicado su devoción.

Jose se acercó rápidamente a nosotros. Richard se quedó unos pasos por detrás.

—Tenemos que hablar —dijo Jose.

Antonio se cruzó de brazos y miró a Jose de arriba abajo.

—Ah, ¿así que Richard y tú estáis juntos en esto? ¿De parte de quién estás, Jose?

Jose levantó los brazos con las manos extendidas, como si se rindiera.

—No es lo que piensas, Antonio. He estado pensando... podemos resolver este problema económico con un poco de ayuda exterior.

Antonio rio.

—Richard ya nos ha rechazado un préstamo. No nos permitió rehipotecar. ¿Y ahora vas actuando a mis espaldas?

—Es lo que tú has hecho conmigo siempre —dijo Jose—, no me consultas ninguna decisión. Actúas como si esto fuera tuyo, pero no es así. Tengo los mismos derechos y puedo opinar en lo que ocurre aquí. —Miró a Trina, pero era difícil leer su expresión.

—Tú nunca quisiste involucrarte. Ni siquiera estabas dispuesto a hacer los trabajos más básicos de la bodega. Se supone que deberías estar en la carretera repartiendo nuestro vino. ¿Dónde narices está?

—No puedo esperar, Antonio. Hay algo más urgente. —Le hizo un gesto con la cabeza a Richard—. Cuéntale.

—He hecho todo lo posible para ayudaros con los problemas financieros, pero me temo que nos hemos quedado sin opciones. —Richard sacó un sobre de la chaqueta y se lo dio a Antonio—. No es oficial hasta el lunes, pero quería dártelo ahora para que no te sorprendiese.

Antonio le arrebató el sobre y lo abrió con manos temblorosas.

—¿Un aviso de ejecución hipotecaria? ¿A punto del comienzo del festival del vino? Todavía tengo hasta el lunes para pagar.

—Técnicamente sí… pero ambos sabemos a dónde se dirige esto —dijo Richard—. Todavía no has hecho el pago del mes pasado. Como he dicho, te estoy dando un aviso no oficial de lo que va a pasar. De esa forma nos evitamos un bochorno. Lo siento, Antonio. He hecho todo lo que he podido, pero cuando no pagaste, el banco me obligó a hacer esto. —Su cara estaba desprovista de cualquier emoción.

La hostilidad se sentía en el aire, como una chispa a punto de iniciar un fuego. No me atreví a preguntar por qué todo era culpa de Antonio y no de Jose.

Antonio percibió inmediatamente la falta de sinceridad de Richard.

—Sí, claro. Nos conocemos desde hace años, Richard. ¿Cómo has podido hacer esto?

Richard evitó la mirada de Antonio. En su lugar, sus ojos se concentraron en un punto invisible unos metros más a la izquierda.

—Son las normas de la oficina central, Antonio. Yo no puedo hacer nada.

—Lo que pasa es que no quieres. —Antonio se giró hacia Jose—. Y tú. ¿Ahora conspiras con nuestro banquero para hacerte con el control de la bodega familiar? Tú eres el que nos ha dejado con esta deuda con todas tus ideas de mercado fallidas y tus caros viajes de ventas. Jose, hemos tenido esta bodega durante generaciones. Mamá y papá trabajaron toda su vida para que esto funcionara. ¿Se te ha olvidado todo eso?

—Mamá y papá trabajaban doce horas al día, diete días a la semana, Antonio. No quiero ser un esclavo de un negocio que está casi en bancarrota en la mejor época. Hace años que no sacamos beneficios. No es viable.

—Te ofrecí comprarte tu parte hace dos años, cuando el negocio iba mejor. ¿Por qué no aceptaste?

—Me ofreciste una fracción del valor de la bodega —se burló Jose—. Por supuesto que no iba a aceptar eso.

—Aquella oferta fue el valor justo del mercado según una tasación profesional —dijo Antonio—; mi oferta se basaba en la cláusula escopeta, y te daba el derecho de comprarme al mismo precio o aceptar mi oferta y vender tus acciones. Exactamente lo que dices querer ahora, pero a un mejor precio.

—Bueno, fue un error. Ahora que has llevado esta bodega a pique, no nos queda otra opción.

Antonio agitó las manos.

—¿Así que es mi culpa? Siempre has sido un socio igual que yo.

Jose lanzó una mirada a Richard, que asintió ligerísimamente.

—Antonio, sabías que este día iba a llegar —dijo Richard—. Te he dado muchos avisos. Supongo que no te lo tomaste en serio.

Antonio juró para sí mismo y dio un paso hacia delante. Trina le agarró del antebrazo para detenerle.

Jose cogió una profunda bocanada de aire.

—Mira, sé que esto es malo, y por eso he estado trabajando con Richard para ver qué otras opciones había. Opciones fuera del banco.

—¿Fuera del banco? —Antonio parecía listo para darle un puñetazo a alguien. Lo único que le detenía era Trina, y eso no iba a durar mucho rato.

—Richard cree que puede encontrar un comprador —dijo Jose—. Podemos vender la bodega y seguir con nuestras vidas.

—Es una opción —dijo alegremente la tía Pearl.

—¡Para! —susurré mientras la agarraba del brazo.

—¡Ay! —retiró el brazo y me miró fijamente.

Antonio nos dirigió una mirada de incomprensión antes de volverse a Jose.

—Esta es mi vida, Jose, ¿o no te has dado cuenta?

Trina se mordió el labio y se le inundaron los ojos de lágrimas.

Antonio le dio la mano.

Jose frunció el ceño; apuntó con la mirada a las manos de la pareja.

—Antonio, sabes que es una batalla perdida. El banco va a ejecutar la hipoteca, esta es nuestra única salida, no podemos rechazar esta oferta.

—Venderé esto por encima de mi cadáver. —Antonio escupió al suelo, peligrosamente cerca de los pies de Jose.

Jose hizo como que no se daba cuenta.

Antonio se volvió a Richard.

—¿Me estás obligando a vender? ¿Solo eras un comprador esperando su momento? No me cabe duda de que vas a sacar provecho de esto. Esto no es ético, Richard. ¿Sabe tu jefe algo sobre estos negocios tan turbios?

—No he ocultado nada —dijo Richard con gesto de indiferencia—. Yo no tenía por qué hacer esto, solo estoy intentando echar una mano, Antonio.

—¿Quién es el comprador? Jose, tú ya lo sabes, ¿verdad?

Silencio.

—Richard y yo hicimos una lluvia de ideas para tratar de dar con una solución para este desastre. Tenemos suerte de encontrar a alguien interesado en una bodega tan pequeña como esta. La economía no se nos ha dado bien y la bodega está bastante alejada. Los costes de transporte cada vez más altos no nos permiten esperar un precio espectacular. Pero... creo que tenemos una buena oferta. Deberías estar agradecido de que nos den algo por la bodega en lugar de irnos con las manos vacías.

—Hablas como si el trato estuviera cerrado, Jose —dijo Trina—. ¿Por qué no incluiste a Antonio en la decisión?

Jose elevó las manos frustrado.

—Mira, lo intenté, pero no entra en razón. Se niega a hablar de esto.

—Jose, ¿quién es el comprador? ¿Por qué no respondes? —Trina estaba tan mosqueada como Antonio.

Jose dio una fuerte bocanada de aire y le tendió un sobre a Antonio.

—Esta es la oferta. Antes de que me grites, léelo todo. No es una fortuna, pero es lo justo. El comprador es flexible con la fecha de cierre. Sé que no estás satisfecho, pero es lo que hay. Es lo mejor para los dos.

Antonio sacó el contenido del sobre. Miró el acuerdo por encima y lo lanzó al suelo.

—¿Desiree Leblanc? Es la última persona a la que le vendería esto. Me da igual, no vamos a vender la bodega: ni a Desiree, ni a nadie.

—Antonio, vamos. O cogemos la generosa oferta de Desiree, o nos quedamos sin nada.

—¿Generosa? Esta oferta es menos dinero del que te ofrecí hace dos años. ¡No es ni comparable! ¡Eres un traidor! Mamá y papá trabajaron muy duro para construir esta bodega, y tú quieres que nos la roben.

—No tenemos más opciones, Antonio. O vendemos, o el banco nos la quita.

—Vas a arrepentirte de esto —gritó Antonio.

José pateó la tierra, evitando los ojos de Antonio.

Richard dio unos toquecitos en su reloj.

—Lunes, Antonio. Todavía tienes tiempo para salir airoso de esto.

Antonio se giró a Jose.

—Estás muerto para mí. Y tú también, Richard. Si cierras este lugar, ¡te mataré!

CAPÍTULO 6

*L*os pasos de Richard crujieron en la grava mientras volvía a su Corvette. Jose miró cómo se marchaba. Evitaba el contacto visual con todos. Obviamente, preferiría estar en cualquier otro sitio.

La tía Pearl fue quien rompió el silencio.

—¡Será mentiroso! Richard me pone enferma. No le basta con inclinar la balanza a favor de esa chica todos los años. Primero amaña el concurso y ahora ayuda a esa libertina de Desiree a poner sus codiciosas manos sobre tu bodega y tu viñedo. ¿Cómo le sentará esto a Valerie?

—A Valerie ya no le importa —dijo Jose—. Le pidió el divorcio a Richard.

El romance de Desiree y Richard era de dominio público. Aunque, durante todos estos años, Valerie había soportado sus aventuras a la vista de todos. Supuse que por fin se había cansado.

—¿Así que estás al tanto de los últimos cotilleos? —la tía Pearl frunció el ceño.

Jose suspiró.

—Todo el mundo lo sabe, Pearl. Valerie firmó los papeles ayer. Ya ha tenido bastante con la aventura de Richard y Desiree.

—Era cuestión de tiempo —concluyó la tía Pearl, visiblemente enfadada por ser la última en enterarse.

Todo se quedó en silencio antes de que Antonio hablara con voz muy tersa.

—Dime que has repartido el vino, Jose.

—No, no he repartido el vino. Estaba demasiado ocupado intentando cerrar un trato que salvara este lugar... con ningún aprecio por tu parte, si me permites añadir. ¿Sabes cómo es trabajar contigo, Antonio? Eres un paranoico del control que siempre tiene que tenerlo todo como a él le gusta. Te preocupas por unas estúpidas botellas de vino e ignoras lo importante. Este lugar no merece la pena. Estamos arruinados y es demasiado tarde para hacer nada. No puedo esperar ni un minuto más para estar libre de esto.

—Bueno, si te hubieras preocupado un poquito más, ahora no estaríamos envueltos en este desastre. Yo repartiré el vino. Solo dime dónde está el camión. Dame las llaves —Antonio extendió la palma de la mano e hizo un gesto para pedir las llaves.

Jose se agachó para recoger el sobre con la oferta.

—Tranquilízate; yo reparto el vino por última vez. Recojo el camión ahora mismo y me marcho en una hora. Haré los repartos por la línea sur de camino a la frontera mexicana. Me llevará una semana, pero repartiré hasta la última botella. Y también intentaré que los clientes paguen en efectivo. Tampoco es que importe ya, para el lunes la bodega ya no será nuestra. Aun así, lo haré de todas formas, solo para que dejes de estar encima de mí.

—Si perdemos la bodega, será enteramente por tu culpa. Repartir el vino, si de verdad mantienes tu palabra, es un gesto muy pequeño que llega muy tarde. Eres un vago que da esto por sentado. Solo piensas en ti.

—Lo que tú digas. Te vas a arrepentir de esto, Antonio.

Jose se dio la vuelta y se dirigió hacia su coche sin volver a mirar atrás. Puso el motor en marcha y trazó un semicírculo a escasos metro de donde estábamos. Dio un acelerón y nos salpicó gravilla mientras salía del aparcamiento.

—Gilipollas. —Antonio dio un pisotón.

—Mirándolo por el lado positivo, al menos Jose no va a estar por aquí en unos días —dijo Trina.

Los hermanos eran tan diferentes como la noche y el día. Habían intentado evitarse a toda costa, comunicándose en su lugar a base de llamadas y mensajes a través de Trina. De no haber sido así, las cosas habrían tocado fin mucho antes.

Antonio pateó la tierra.

—Traicionado por mi propio hermano. Nunca hemos estado muy unidos, pero pensaba que los dos estábamos dispuestos a trabajar duro para conseguir que el negocio familiar tuviera éxito. Tenemos nuestras diferencias, pero jamás se me habría pasado por la cabeza que renunciaría al negocio por una miseria. Una vez más, Jose poniendo sus propias necesidades por delante de las de los demás.

Trina le acarició el brazo para darle ánimos.

—Tiene que haber otras opciones. ¿Y si este año le vendes las uvas y el vino a Desiree, en lugar de renunciar al viñedo? Sabes que lleva años queriendo comprarte las uvas. Olvídate de ese estúpido concurso.

—No vendo —Antonio negó con la cabeza—. Ni a Desiree, ni a nadie. Llevo toda la vida trabajando para que los vinos Lombard sean lo que son. Jamás una botella de vino Lombard llevará una etiqueta de Bodegas Valles Frondosos de Desiree. Podrá comprar otros vinos de la zona y hacerlos pasar por suyos, pero nunca pondrá una etiqueta sobre los míos. No voy a formar parte de esta farsa.

—Pero si acaba comprando la bodega, eso es justo lo que pasará —dijo Trina—. Puede comprarla ahora o esperar a que el banco aproveche. Sea como sea, le sobra el dinero para comprarla. Probablemente, sea la nueva dueña. Richard se asegurará de ello. Al menos, de esta forma, tú tienes algo de voz en este asunto.

—Trina tiene razón —dije—. Tiempos desesperados requieren medidas desesperadas. Véndele las uvas y el vino un año o dos hasta que te recuperes. —Por supuesto, eso implicaba tener vino que vender, pero problema por problema.

—Antes muerto —contestó Antonio.

A Trina se le abrieron los ojos de par en par.

—No hace falta que seas tan dramático; algo se nos ocurrirá.

Oficialmente, Trina solo era una antigua y dedicada empleada, pero mirándola más de cerca, era mucho más. A pesar de las complicaciones del hechizo de la tía Pearl, era obvio que se preocupaba profundamente por Antonio y que su corazón estaba lleno de buenas intenciones. Además, era práctica y entendía los negocios. Al menos, el Hechizo de Atracción había aumentado las posibilidades de que Antonio escuchara sus bienintencionados consejos.

—Yo sé lo que hacer —dijo la tía Pearl de repente como si se le acabara de ocurrir la idea—. Yo compraré la parte de Jose y seré tu socia. Hipotecaré la posada Westwick Corners, sacaré un poco de capital de nuestra propiedad y lo invertiré en este sitio.

—No puedes hipotecar la posada —suspiré—. Tienes la propiedad compartida con mamá y la tía Amber, y no van a acceder. Es demasiado arriesgado. —Ayudar a Antonio era un gesto muy amable por parte de la tía Pearl; nuestra posada era lo que nos daba de comer, por así decirlo. No podíamos permitirnos más deudas y posiblemente nos esperaba el mismo destino que a Antonio.

—¿Crees que Antonio es un crédito arriesgado? Por Dios, Cen, ¡qué maleducada!

—Yo no he dicho…

La tía Pearl se volvió hacia Antonio.

—Sinceramente, no sé de dónde ha sacado eso. Cedrine no tiene nada de empatía con la gente.

Hice todo lo posible para no caer en la trampa de la tía Pearl. Respiré hondo.

—Hasta si mamá y la tía Amber estuvieran de acuerdo, nunca conseguirías la financiación a tiempo.

La tía Pearl puso los ojos en blanco.

—Jesús, Cendrine, ¿por qué tienes que sacarle punta a todo? Lucharemos contra viento y marea para conseguirle dinero a Antonio. Pero lo primero es lo primero: hay que embotellar el vino para el festival. No se va a hacer solo, así que manos a la obra.

—Voy a por más corchos —sonrió Trina.

—Voy contigo —dijo Antonio.

Les vimos desaparecer detrás de las enormes cubas inoxidables.

La tía Pearl suspiró y me lanzó una mirada mordaz.

—Mira esos tortolitos. Está a punto de caer en bancarrota y ella le sigue adorando. Si eso no es amor verdadero, no sé lo que es. Sean ricos o pobres, están destinados a estar juntos.

CAPÍTULO 7

*H*abían pasado casi diez minutos cuando volvieron Antonio y Trina. A juzgar por su apariencia desaliñada, habían estado haciendo mucho más que buscar corchos en una estantería.

—Esto… Antonio —dijo la tía Pearl aclarándose la garganta—, tengo una nueva proposición para ti. Si no me quieres como socia, puedes contratarme como consultora. Sabes que trabajo duro y que tengo ciertas habilidades muy especiales que nos ayudarían a acelerar la producción.

—Un buen vino no puede estar listo antes de tiempo —dijo Antonio—. No se puede acelerar. Hay que darle tiempo para que crezca, madure y envejezca. Estoy seguro de que entiendes de qué te hablo.

—¿Me estás llamando vieja? —la tía Pearl entrecerró los ojos.

—Por supuesto que no —negó con la cabeza—, me refería a madurar en el sentido de…

—El vino es como el amor —intervino Trina— Hacer vino es como hacer…

La tía Pearl levantó la mano.

—Corta esa chufla sentimental. Estás cometiendo un error

tremendo, Antonio. Si quieres darle la vuelta a este lugar, me necesitas.

—Antonio ya sabe lo que es mejor para la bodega —dijo Trina encogiéndose de hombros.

La tía Pearl puso los ojos en blanco y disimuló un quedo «Antonio ya sabe lo que es mejor» en tono de burla.

Se me aceleró el pulso. Si la tía Pearl perdía los nervios con Trina, su magia se volvería aún más irresponsable. No podía permitirlo.

—Jose ha prometido hacer los repartos —intervine—, así que vamos a concentrarnos en lo que necesitamos para el festival. Embotellaremos tanto como podamos y nos preocuparemos por lo demás más tarde.

—Volveremos a la normalidad —sonrió Trina.

—No, Trina —dijo la tía Pearl mientras negaba con la cabeza—, tú no. Para ti nada volverá a ser igual. Jose es un pringado, vuestro vino Lombard es una mierda y no sé qué tiene Antonio en la cabeza. No tenéis ni una mínima posibilidad de darle la vuelta a este asunto. Al menos, no sin mí.

—¡Tía Pearl! —Siempre era muy brusca, pero esto era demasiado. Me giré hacia Antonio y Trina—. No le hagáis caso. Vamos a pensar en positivo: cada cosa en su momento.

—Cendrine desconectada de la realidad, como de normal —rio la tía Pearl—. ¡Anda, y rima! Ya sabes, el amor te hace rimar. A ver, déjame ver...

Comenzó a chasquear los dedos con un ritmo de jazz lento.

Lombard vinos,
Simplemente divinos,
Con tiempo envencejen,
Pase lo que pase,
Su buen sabor crece,
Primero embotellamos,
Luego lo mimamos
Para conseguir un sabor sublime,
¡Una magia que nunca deprime!
Trina aplaudió.

—¡Me encanta!

La tía Pearl se frotó las manos y me sonrió.

—Has dicho que pensáramos en positivo, y eso es justo lo que hago, Cen.

El corazón me dio un vuelco al darme cuenta de que la tía Pearl acababa de lanzar otro hechizo. ¡Había reforzado el sabor del vino! Eso era trampa, simple y llanamente.

—Tía Pearl, ¡para! —dije en un suspiro atronador.

La tía Pearl miró a Antonio y Trina, pero estaban sumergidos en sus propios ojos y ni siquiera nos estaban escuchando.

—¿Parar el qué? ¿Quieres que Vinos Lombard se arruine? ¿Quieres que Antonio pierda todo por lo que ha trabajado tan duro? ¿Quieres que Trina pierda el único trabajo que ha tenido desde el instituto? ¿Quieres que pare todo para que estos dos tengan que volver a su miserable existencia?

—¡Por supuesto que no! No quiero nada de eso. Pero los hechizos no son la forma correcta de arreglar las cosas. —Me llevé la mano a la boca y solté un grito ahogado. Casi revelé el secreto. A pesar de los vagos rumores del pueblo de que nuestra familia era de brujas, nadie se lo tomaba en serio. Antonio y Trina no se enteraron de que la tía Pearl era una bruja experta con unos poderes sobrenaturales increíbles. Ni de que no solo les había lanzado un Hechizo de Atracción, sino de que también había encantado el vino.

Por suerte, ni Antonio ni Trina escucharon mi referencia a la brujería.

—Cen, no es un hechizo, ¡solo es poesía! —La tía Pearl hizo una mueca burlona y repitió el hechizo:

Lombard vinos,

Simplemente divinos,

Con tiempo envencejen,

Pase lo que pase,

Su buen sabor crece,

Primero embotellamos,

Luego lo mimamos.

Poco tiempo se invierte,

En crear este vino fuerte,
Este elixir elegante
No necesita conservante,
Ni la más testaruda
Tendría la menor duda:
Este vino
Es divino.

—Yo creo que esta versión le viene mejor a Antonio, ¿no te parece?

Antonio se dio por aludido al escuchar su nombre.

—¡Oye, me gusta ese poema! ¿Puedes repetirlo? Me he perdido el principio.

La tía Pearl le lanzó un guiño.

—¡Pues claro que puedo!

Lombard vinos,
Simplemente divinos,
Con tiempo envencejen...

Trina levantó la mano para que la tía Pearl parase antes de que yo misma pudiese detenerla.

—Es bonita, déjame que coja la guitarra y le ponemos música. Lo convertiremos en la canción de Vinos Lombard.

Por muy buena táctica mercantil que fuera crear una canción, no habría vino para comerciar si no lo embotellábamos.

La tía Pearl hizo como que no escuchaba a Trina y lo recitó de nuevo:

Lombard vinos,
Simplemente divinos,
Con tiempo envencejen...

—¡Para! —le tapé la boca con la mano—. No puedes hacer esto...

—Haré lo que quiera, aguafiestas. Todo te parece mal. ¡Y ahora quítame la mano de la boca! —La tía Pearl me pisó una y otra vez.

—¡Ay! —Quité la mano y di unos pasos atrás llena de dolor. Era indiscutible que el problema era la tía Pearl. Sus hechizos siempre creaban problemas inesperados, pero no había forma de explicar eso sin revelar los secretos de nuestra existencia. Lo único bueno sobre el hechizo en rima era que parecía haber animado a Antonio.

Me lanzó una mirada desencajada.

—¿Por qué le haces eso a Pearl, Cen? Me parece un poco excesivo, ¿no crees?

La tía Pearl sí que era un poco excesiva. Sin embargo, explicarlo me haría quedar como una auténtica lunática.

—Lo siento… No sé qué me ha pasado. ¡Vamos a centrarnos en embotellar el vino!

—Vale —Antonio me miró receloso—. No es conmigo con quien debes disculparte. La poetisa Pearl solo intentaba animarme, ¿verdad, Pearl?

Me sonrojé y miré a mi tía. No podía dar ni una sola explicación sin revelar que mi tía había estado lanzando hechizos, no escribiendo canciones. Por desgracia, darle la razón y callarme me había hecho quedar como una abusona, o peor, a ojos de Antonio.

— Lombard vinos… —murmulló levemente.

—Mentirosa —susurré.

—Solo intentaba igualar la partida —dijo.

—¿Quieres decir contra Desiree? No gana el concurso por su vino, sino porque se acuesta con el juez. Tu hechizo no va a parar eso.

—Ni siquiera tenía esa intención —dijo la tía Pearl—. Quería igualar el terreno de juego para que Antonio tuviera una oportunidad contra el merlot tinto Hora de Brujas de Ruby. ¿Crees que ha hecho ese merlot ella sola? ¿La primera vez que hace vino?

—Estás celosa, tía Pearl. —Mamá estaba orgullosa de su vino, y con razón. Había trabajado muy duro, siguiendo al pie de la letra las instrucciones de Antonio. Mamá se enfurecería si se enteraba de que la tía Pearl había interferido.

—No estoy celosa. —Me hizo un gesto con el dedo y se enrabietó como un niño de dos años—. No tengo nada por lo que estar celosa.

Antonio no se había enterado de la pataleta de la tía Pearl y levantaba una copa de syrah para brindar.

—Para los amigos que se ayudan. —Dio un trago al vino y lo removió por la boca antes de tragarlo—. Mmm… Creo que este es hasta mejor que nuestro vintage del 2001. De hecho, puede que sea el mejor syrah que he hecho.

Trina y la tía Pearl levantaron sus copas para brindar.

—Salud —dijeron a la vez antes de catar el vino.

Miré a la mesa y vi una copa sobrante. No recordaba a nadie sirviendo vino ni ofreciéndome una copa. ¿Me había hechizado también la tía Pearl?

—Coge tu copa y bebe, Cendrine —dijo la tía Pearl—. No tenemos todo el día.

Era como si me hubiera leído la mente.

CAPÍTULO 8

Terminamos de embotellar el vino unas horas después. Fuimos sorprendentemente rápidos, teniendo en cuenta la cantidad que habíamos embotellado. Eché un vistazo a la bodega. Las cajas de vino, de tres alturas, estaban apiladas en filas por toda la pared. Pasaba algo. Había mucho más vino del que podíamos haber embotellado, incluso en un día entero.

Esperé a que Antonio y Trina no pudieran oírme por irse a otra de sus excursiones al sótano. Me giré hacia la tía Pearl.

—Solo hemos embotellado una parte de todo esto. ¿De dónde ha salido el resto del vino?

—¿A quién le importa? —La tía Pearl se encogió de hombros—. De momento, hemos solucionado los problemas de Antonio, siempre que pueda vender todo esto.

—Has lanzado un conjuro —contesté.

—Era imposible que llegáramos a tiempo, así que he acelerado un poco el proceso. Nadie se va a dar cuenta. Antonio y Trina tienen otra cosa en mente, y tú no vas a decir nada.

—Eso es trampa, tía Pearl. Yo no quiero ser parte de esto. Acusas a Desiree de ser una tramposa pero tú haces exactamente lo mismo.

—No, Cen. A diferencia de Desiree, yo no utilizo el vino de otra gente y le pongo mi etiqueta.

—Tú eres peor porque haces vino falso —dije apuntándola con el dedo.

—No te he visto quejarte cuando lo probabas.

—Tía Pearl, deshaz el hechizo.

—¿El del vino de Antonio o el de Ruby?

—No habrás sido capaz.

—Me temo que sí. Me estoy haciendo demasiado vieja para acordarme de todos los hechizos activos que tengo entre manos ahora mismo.

—¿No hay forma de saberlo? —Me preguntaba si me había lanzado uno a mí. Si lo había hecho, no podía saberlo, y no tenía sentido preguntar porque nunca conseguiría una respuesta clara.

La tía Pearl negó con la cabeza.

—En este caso, no. Tengo hechizos sobrepuestos en otros hechizos que están sobrepuestos en otros hechizos. Ahora las cosas son complicadas hasta para mí. No me acuerdo de cómo dejé todo.

—Tienes la memoria bien, tía Pearl. Deja de poner excusas y deshaz los hechizos. Antonio no querría ganar haciendo trampas.

—No sabe lo que es bueno para él, Cen. La única manera de que Vinos Lombard sobreviva es haciendo trampas. Todos los demás las hacen. Tengo que intentar al menos igualar el terreno en contra de esa tramposa de Desiree. Nadie puede negar que el vino de Antonio es el ganador. De hecho, es tan bueno que es mejor que el de Ruby.

—¿Eso es todo? ¿Estás intentando ganar a mamá porque estás celosa de que sepa hacer vino?

—Por supuesto que no —dijo la tía Pearl—. El merlot tinto Hora de Brujas de Ruby es absolutamente exquisito. Está de muerte.

—Si no deshaces tú el hechizo, lo haré yo —advertí.

—No puedes deshacer los hechizos de otra bruja, Cen. Incluso si pudieras, eso también contaría como hacer trampas.

—Mira y verás. —Estaba a punto de lanzar un hechizo de reversión cuando Antonio volvió del sótano sonrojado y sin aliento. Trina venía detrás.

En ningún momento me creí que mi hechizo de reversión de un hechizo insensato fuera hacer trampas. Iba a poner todo en orden.

Mi hechizo solo iba a deshacer el error de la tía Pearl y poner el vino de Antonio de vuelta a donde habíamos empezado. Pero ponerlo todo en orden también implicaba que Antonio no estaría listo para el concurso del vino, y que tampoco tendríamos ni la más remota posibilidad de salvar Vinos Lombard.

¿De verdad quería hacer eso?

Revertir el hechizo de la tía Pearl significaba eliminar toda esperanza.

Seguía las normas, pero también tenía corazón.

¿En qué clase de mundo viviríamos si no tuviéramos esperanza?

CAPÍTULO 9

Caía una ligera llovizna cuando Tyler llegó para recogerme e ir al festival del vino poco antes de las 9 de la mañana.

Quería preguntarle por lo del día anterior y el plan cancelado, pero decidí no hacerlo. Estaba callado y apagado, como si tuviera algo rondándole la cabeza.

No parecía él mismo.

Me pilló mirándole y me devolvió la mirada.

—¿Qué pasa?

—Nada —dije—. Pareces... callado.

—Solo estoy cansado, Cen. Perdona por lo de anoche, te prometo que te lo compensaré.

Sonreí, me sentía un poco mejor. Me parecía un gran plan pasar el día con Tyler en el festival, aunque no dejaba de pensar en su sorpresa. A juzgar por su humor, me daba la sensación de que hoy también lo pospondría. Alejé ese pensamiento de mi cabeza. Si esperaba demasiado, seguro que acababa decepcionada.

El festival del vino no empezaba oficialmente hasta dentro de una hora, pero nuestra temprana llegada me permitió ver las casetas de las bodegas y hablar con los participantes antes de que el lugar se llenase de achispados catadores. Todavía me faltaban un par de detalles por añadir a mi artículo del evento del día. Estaba casi completo, a excepción de los nombres de los vinos ganadores de cada categoría y cualquier suceso que ocurriera durante el día. Pero, por encima de todo, quería asegurarme de que la caseta de Antonio estuviera lista y en marcha. Dado su estado metal actual, no estaba segura de que pudiera tirar del carro, ni con la ayuda de Trina.

Tyler apenas había entrado en el aparcamiento del colegio cuando tuvo que esquivar a la tía Pearl con su gigantesca autocaravana.

El Palacio de Pearl estaba aparcado de forma totalmente aleatoria en dos plazas, bloqueando parcialmente la entrada. Fuera de la autocaravana, había unas mesas colocadas, que ocupaban aún más espacio.

Estaba casi segura del todo de que lo había hecho adrede para causar problemas y ver qué podía sacar de todo eso. Probablemente, esperaba provocar una discusión con Tyler solo por diversión. Era el segundo sheriff que más había durado, y ella aún no había conseguido echarle del pueblo. No me quedaban dudas de que moriría intentándolo.

Sus fantochadas casi divertían a Tyler, aunque me preguntaba qué pensaría del hechizo de atracción que había lanzado sobre Antonio y Trina. Por no mencionar el hechizo de realce que había utilizado en el vino de Antonio y, probablemente, en el de mamá.

Había cosas que simplemente no podía contarle a Tyler. Aunque sabía que éramos brujas, no le veía sentido a revelarle cosas en las que él no podía intervenir. Solo le causaría frustración.

La tía Pearl tenía la varita en todas partes.

¿Y si de verdad le había lanzado un hechizo de atracción a Tyler? Su afecto por mí podría ser solo el hechizo hablando por él.

No, menuda estupidez. La tía Pearl tendría que haber estado refrescando el hechizo constantemente, algo que le parecía tedioso y trabajoso. No ganaba nada con que fuéramos pareja. No se arriesgaría a un matrimonio entre su archienemigo y alguien de su propia familia.

A menos que… tuviera un plan para pararlo todo antes de que llegara ese momento. Miré por la ventana mientras sentía que mi incomodidad crecía.

Era una estupidez. Tyler me quería de la misma forma en que yo le quería a él. Teníamos un futuro juntos. No había hechizo de atracción, solo atracción mutua, alimentada por nuestros intereses en común y el tiempo que pasábamos juntos.

Miré por la ventana del copiloto del Jeep. La gente se amontonaba alrededor del aparcamiento casi lleno. La mayoría de los participantes ya habían llegado. Descargaban cajas de vino de los camiones y camionetas y empujaban cuidadosamente los carritos del preciado líquido a través del aparcamiento y hacia la puerta del gimnasio, que estaba abierta de par en par.

Tyler maniobró alrededor del Palacio de Pearl y dirigió el Jeep a un aparcamiento al lado del Corvette de Richard. La capota estaba bajada.

—Debería buscar a Richard para que ponga la capota —dijo Tyler mirando las oscuras nubes de tormenta—. Parece que el cielo se vaya a romper.

Cuando salí del coche, vi dos cajas de Bodegas Valles Frondosos de Desiree Leblanc en el asiento de atrás. Si eso no era una muestra flagrante de favoritismo y corrupción, no sé qué podría ser. Seguramente había sido Desiree la que lo había puesto allí, como una marca de territorio.

Le conté a Tyler lo del aviso de embargo de Richard y el interés de Desiree en comprar Vinos Lombard.

—Espero que las cosas no se vayan de manos. Antonio tiene mucho que perder. Hará lo que sea para evitar que Desiree compre su bodega. Incluso si rechaza la oferta, ella podría comprar la bodega una vez que el banco se la arrebate.

Tyler deslizó su mano alrededor de la mía y caminamos agarrados por el aparcamiento de la entrada del auditorio del colegio.

—Tiene que haber algo que podamos hacer. Richard tiene demasiado poder en esta ciudad. Puede crear o destrozar fortunas, incluso siendo prudente a la hora de aplicar las normas. La estación del vino ya está aquí y con ella las mayores ganancias de Vinos Lombard. Seguro que Richard puede darle a Antonio un poquito de espacio. Veré si puedo razonar con él.

—Inténtalo. Richard ya ha tomado una decisión. —Acabábamos de entrar al edificio cuando casi nos chocamos con la tía Pearl.

Las luces del techo reflejaban cada uno de sus movimientos resaltados por el chándal de lentejuelas rojo que llevaba a juego con la banda de la cabeza. Parecía una mezcla de profesora de gimnasia de los años 80 y una reina de la música disco. Por suerte, no había una bola de discoteca o luces estroboscópicas.

Agitó las manos en el aire y exageró una sensación de pánico.

—Cen, tenemos un problema. Antonio. —Antonio pasó delante de nosotros.

—Cen, ¡me he olvidado del vino! Trina está vigilando la caseta mientras yo vuelvo a casa y lo cojo. Vuelvo enseguida.

—¿Cómo has podido olvidarte de lo único...? —me detuve. Estaba frustrada por que todo el trabajo del día anterior no hubiera servido de nada. Quizás, de forma inconsciente, Antonio quería rendirse y embalar todas sus cosas. Aunque no podía reconocerlo delante de su hermano, claro está. O delante de sí mismo.

Pero arruinarlo todo suponía un desastre aún mayor, pues Vinos Lombard no era solo la forma de vida de Antonio; también era su casa. Si finalmente le embargaban, se quedaría sin hogar.

Miré a Tyler, que en ese momento ya estaba en una acalorada discusión con la tía Pearl sobre las pequeñas plazas de aparcamiento y su caravana mal aparcada.

—Mueve esa monstruosidad a la calle, Peal. Hazlo ahora y no te multaré. —Me soltó la mano y se encaró con ella.

La tía Pearl hizo tintinear su llavero a centímetros de la cara de Tyler.

—El aparcamiento del colegio es privado, aquí tus multas no tienen validez. —Tyler sacó una multa del bolsillo de la chaqueta y comenzó a escribir.

—Pídemelo amablemente y consideraré tu petición —dijo la tía Pearl poniendo morritos.

—Es una orden, no una petición, Pearl.

No quería verme envuelta en su disputa, así que me escabullí en silencio y caminé hacia la entrada del gimnasio. Crucé la puerta abierta. Dentro, los participantes de la exhibición habían instalado cabinas para las bodegas locales y regionales. También había otros puestos: los panaderos locales y los artesanos tenían artículos a la venta, todo lo que abarcase desde magdalenas que hacían que a cualquiera se le cayera la baba hasta miel y mermelada casera. Examiné el gimnasio en busca de la caseta de Vinos Lombard y la localicé al otro lado del lugar. Justo en ese momento, Trina me vio y me hizo gestos con la mano.

Le devolví el saludo y crucé el gimnasio.

Estaba a mitad de camino cuando casi choqué con Desiree Leblanc. Llevaba un top largo y rosa con el cuello festoneado que acentuaba su piel perfectamente bronceada. Unos pantalones ajustados le resaltaban las caderas y la cintura y se perdían dentro de unas botas de vaquera rosas de piel de vaca. Llevaba una talla XS y no tenía ni una pizca de grasa.

Desiree soltó un suspiro exagerado, como si fuera la última persona de la tierra a la que esperaba ver.

—¡Cendrine! Justo te estaba buscando. Siento que no pudiera quedar contigo durante la semana, pero estaba *taaaan* ocupada preparando el festival. Puedes hacerme ahora la entrevista. —Desiree se acicaló su pelo rubio con una mano con manicura. Cada una de sus largas uñas estaba pintada de rosa y adornada con una diminuta copa de vino de purpurina dorada.

—Tendrás que esperar, Desiree —dije—. Tengo que ocuparme de un par de cosas antes.

—¿Y las fotos? ¿Quieres hacerlas ahora o esperamos a después, cuando haya ganado?

Desiree arrugó los labios y batió las pestañas. Puso las manos sobre las caderas en una pose exagerada.

Miré a Trina. Quería hablar con ella sobre Antonio antes de que volviera.

—¿Te importa si vengo luego a verte? Tengo un poco de prisa ahora mismo.

—Ya veo. Si no te conociera, diría que vienes del campo. —Sus ojos azul claro escudriñaron fríamente mi camiseta ancha, mis vaqueros y botas como si fuese ganado en una feria.

Era típico de Desiree, ponerme en mi sitio antes de llevarse el trofeo a casa. A veces me ponía de los nervios. Me daban ganas de lanzarle un hechizo horrible, pero me refrené. No iba a rebajarme a su nivel.

Intenté pasar delante de ella, pero me bloqueó el paso.

—Llevas unas... botas interesantes, Cendrine. He oído que se vuelve a llevar lo viejo. Ah, otra cosa... Hay un rumor de que el merlot tinto Hora de Brujas de Ruby está clasificado para ganar la categoría de Vino Más Mejorado —dijo—. Aunque no sé si lo conseguirá con esa espantosa etiqueta. Sería una lástima que solo quedara en eso, ¿no?

Tragué saliva mientras notaba cómo se me enrojecía la cara. Yo misma había diseñado la etiqueta y estaba bastante orgullosa de mi creación.

—Lo que cuenta es el vino de dentro.

—Ay, no, Cendrine. La presentación lo es todo. A menos que hagas una buena impresión con un buen etiquetado, deberías echarlo atrás inmediatamente. Esa etiqueta tan fea no va a superar el corte. Solo es un consejito de alguien que entiende de verdad. —Sonrió mostrando sus perfectas carillas dentales blancas azuladas que brillaban a la luz de los focos.

Quería darle un puñetazo.

—Lo mencionaré, gracias —dije en su lugar.

Desiree se dio la vuelta para marcharse, pero se detuvo.

—Una cosa más, Cen... Ya que Ruby es tu madre y todo eso, espero que tu crítica sea imparcial.

—Por supuesto. —Estaba claro que Desiree volvería a ganar el primer premio, el Vino del Año. Se lo habían otorgado cada uno de los últimos cinco años durante los que había tenido una aventura con Richard. ¿Y tenía el valor de insinuar que m crítica no sería imparcial? Apenas importaba. El *Westwick Corners Weekly* no era precisamente el *Wine Spectator*. Aunque a Desiree, eso no parecía importarle. Cualquier cosa, por pequeña que fuera, debía inclinarse a su favor.

Respiré profundamente.

—Hablando de imparcialidad, ¿has visto al juez Richard? —Añadí «juez» al nombre como una forma pasivo agresiva de meter cizaña sobre lo del jurado comprado.

—Mmm... Le he visto hace un minuto. Estaba descargando el coche, seguro que está por aquí cerca.

Si Richard estuviera descargando el coche, no haría falta decirle que la tormenta de fuera estaba empeorando. Lo vería enseguida y le pondría la capota al Corvette. No me apetecía hablar con él después de lo del día anterior.

Lo que quiera que le hubiese dicho a Desiree sobre mamá parecía haberle gustado porque por fin me permitió seguir mi camino hacia la caseta de Vinos Lombard. Trina había hecho un gran trabajo montando la mesa de cata de vinos. La había cubierto con un precioso mantel blanco de lino con el borde calado. Era un bonito toque que no duraría ni diez minutos antes de mancharse de vino. Había una enorme pirámide de copas de plástico, como una fuente de champán. Detrás de las copas, dos solitarias botellas del syrah de Vinos Lombard.

Todo estaba perfecto menos la falta de vino. Más valía que Antonio se diera prisa.

—Qué bonito, Trina —comenté.

Trina sonrió.

—Cómo actúa doña perfecta. En cierto modo, es un alivio que Antonio haya tenido que volver a la bodega, si no, habría estallado la Tercera Guerra Mundial. Desiree no para de restregarle a Antonio por la cara todo su éxito mientras el pobre hombre está a punto de perder su forma de vida.

—No si puedo evitarlo. —No tenía ni idea de cómo iba a hacerlo, pero quería sonar convincente. Seguro que podríamos dar con algo.

—¿Qué podemos hacer, Cen? Aun consiguiendo cientos de pedidos de compradores hoy, no sacaríamos bastante dinero a tiempo para evitar el embargo. Haré cualquier cosa para ayudar a Antonio. Si tuviera suficiente dinero, yo misma pagaría la deuda de la hipoteca. Pero no lo tengo. —Bajó la voz—. La verdad es que yo también estoy casi arruinada. No me ha pagado el último mes.

—Oh... Lo siento. —Las finanzas de Vinos Lombard eran todavía peores de lo que pensaba. Si había un motivo para intervenir con magia, era este. Las normas contra la hechicería por beneficio eran muy estrictas, pero ¿y si era para salvar a alguien de quedarse en la calle? Seguro que se podían hacer excepciones.

No.

Tenía que haber otra forma que no implicase romper las normas de la AIAB. No podía utilizar mi magia con afán de lucro, ni siquiera si era por el beneficio de otra persona. De otro modo, sería igual que la tía Pearl.

—He estado aguantando con mis ahorros —dijo Trina—. Desiree me ofreció trabajo pero no voy a aceptarlo. No puedo hacerle eso a Antonio.

—Tiene mucha suerte de tenerte —contesté—. Intenta apartarle de Richard siempre que puedas. No queremos que se repita lo de ayer.

—De momento está bien —asintió Trina—, aunque Desiree sigue metiendo el dedo en la llaga. Le ofreció trabajo a Antonio. Estuvo a punto de explotar.

La caseta de mamá estaba justo al lado y escuchó nuestra conversación.

—Necesitas un sueldo, Trina —dijo mamá—. Seguro que Antonio entendería que buscaras otro trabajo. Si pudiera, te contrataría yo misma.

—Quizás puedas —respondí—. Desiree me ha dicho que puedes ganar el Vino Más Mejorado del año.

—¿En serio? Sería increíble —dijo sonriente—. ¿Cómo lo sabe?

—No lo sabe —contestó Trina—. Es un insulto maquillado. Lo que intenta decirte realmente es que tu vino del año pasado era malísimo.

—Ah, bueno. —A mamá no pareció importarle en absoluto—. Puede que tenga razón. Este último año he aprendido mucho de Antonio. El merlot tinto Hora de Brujas de este año es uno muy mejorado.

Quería avisar a mamá de que posiblemente la tía Pearl había hechizado su vino, pero no podía hacerlo delante de Trina. Además, seguramente no importaba, pues era demasiado tarde como para hacer nada.

—¿No debería estar la tía Pearl ayudándote? —dije en su lugar.

—Lo ha cancelado porque tenía que vender el vino de Antonio por él. —Mamá bajó la voz. Trina estaba ocupada almacenando cartones de vino vacíos en una pila unos metros detrás de la caseta, así que no podía oírnos—. Antonio tiene problemas, ¿verdad?

Le conté lo de la oferta de Jose, la amenaza de embargo de Richard y del rechazo de Antonio a hacer ningún trato con ellos.

—Y para colmo, se le ha olvidado traer el vino para hoy. Parece que haya perdido la cabeza. He ayudado en todo lo que he podido. A menos que las cosas cambien, lo perderá todo para el lunes.

Trina volvió con los ojos llorosos.

—Acabo de darme cuenta de que este va a ser mi último festival del vino. Al menos, mi último festival con Vinos Lombard.

Mamá le dio unas palmaditas en el brazo.

—Se nos ocurrirá algo, Trina. Vamos a dejar que pase el día y disfrutemos. No dejaremos de lado a Antonio, te lo prometo.

¿Qué quería decir mamá? ¿Estaba planeando hacer brujería o tenía algo más práctico en mente?

Me guiñó un ojo.

—Aquí viene tu novio.

Miré discretamente detrás de mí y vi a Tyler acercándose por el gimnasio. Tenía un aire de autoridad incluso sin el uniforme. Los vaqueros y la camiseta negra le apretaban el cuerpo musculado en los lugares adecuados. A medida que se acercaba, se me aceleraba el corazón. Me daban ganas de salir corriendo y abrazarle. Sentía un subidón que no tenía nada que ver con ningún hechizo de la tía Pearl.

Tyler sonrió cuando nuestras miradas se cruzaron.

—¿Va todo bien?

Asentí y me giré de nuevo hacia Trina.

—Con suerte, todo saldrá bien. Después del festival, haré todo lo posible para evitar que la bodega caiga en… —me detuve antes de decir «las manos del enemigo».

—¿Dónde está Antonio? —preguntó Tyler apoyando la mano sobre mi hombro.

Trina le explicó que Antonio había ido a por el vino olvidado.

—Últimamente, ha estado muy desorganizado. Le han empezado a desbordar los problemas económicos. Puede que la oferta de Desiree sea mejor que nada. Al menos conseguiría dinero. Podría utilizarlo para emprender en una nueva bodega por su cuenta, sin Jose.

—Un nuevo comienzo no suena mal —asintió mamá.

—¿Dónde está la tía Pearl? —escudriñé el gimnasio, pero no había ni rastro de mi tía de lentejuelas rojas brillantes.

—La última vez que la he visto estaba moviendo la caravana —explicó Tyler—. No le ha hecho mucha gracia, pero me las he apañado para convencerla de que más aparcamiento implicaba más ventas para todos. Al final, me ha dado la razón.

Me sorprendía mucho pero, de nuevo, la tía Pearl se había mostrado de gran ayuda últimamente. Había tenido muchas ganas de embotellar el vino de Antonio el día anterior. ¿Había cambiado su actitud o estaba tramando algo?

—No me sorprendería que Pearl estuviera echándose la siesta en la caravana —dijo mamá con una sonrisa—. Me ha dicho que no ha pegado ojo en toda la noche. Estaba agotada de trabajar tanto ayer.

Fruncí el ceño. La mayor parte de su trabajo había consistido en lanzas hechizos, no en hacer el trabajo manual, así que eso no tenía mucho sentido.

—No vamos a conseguir que Desiree suelte el primer puesto, pero a lo mejor alguno de nosotros gana el segundo —dijo Trina—. Eso debería convencer a los compradores de que se lleven nuestros vinos.

—Al menos, hay dos jurados adicionales este año —intervino Tyler —. Es un gran avance frente a que solo esté Richard. Esta vez, el jurado debería mostrarse más imparcial.

Encogí los hombros.

—En teoría, tres jurados es mejor que uno, pero el resultado final no va a cambiar. Richard los ha elegido a dedo. Una trabaja en el banco a media jornada y quiere conseguir la jornada completa. El otro es el compañero de golf de Richard. Harán todo lo que él quiera y asegurarán la victoria de Desiree.

Los jueces adicionales eran el resultado de una protesta del público del año pasado, y Richard había accedido a regañadientes a compartir sus deberes como juez. Por desgracia, solo se habían presentado voluntarias dos personas.

—¿No puedes hacer nada, Tyler? —dijo Trina frunciendo el ceño
—. ¿La corrupción no va contra la ley?

—Técnicamente, sí, pero es difícil de probar y aún más de
condenar —dijo.

—Es una vergüenza que esto pase cada año —añadió Trina—. Es
muy frustrante pensar que Vinos Lombard lleve quedando segundo
durante cinco años consecutivos. Desde que Desiree abrió su bodega
falsa, nadie ha tenido una oportunidad. Compra el vino de otra gente
y lo hace pasar por suyo. Todo el mundo lo sabe y ni por esas
podemos hacer nada.

—Si el sheriff no hace nada, a lo mejor es hora de tomarnos la
justicia por nuestra mano —la voz de la tía Pearl irrumpió por detrás
de mí. Arrastraba un poco las palabras como si ya hubiera bebido algo
de vino. Por supuesto, todo el mundo bebía en el festival del vino,
pero ni siquiera había empezado. Una tía Pearl borracha elevaba las
posibilidades de que utilizara la magia.

—Vamos, Pearl... —Tyler hizo un gesto de objeción con la mano.

—¿Estaba bebiendo cuando le has dicho que moviera la caravana?
—le pregunté.

—¡No habléis de mí como si no estuviera aquí! —La tía Pearl se
interpuso entre ambos para plantarnos cara. El vino tinto de su copa
de plástico chapoteaba de un lado a otro cada vez que se tambaleaba.
Menos mal que iba de rojo.

—¡Estás borracha! —Intenté quitarle la copa, pero no me dejó.
Apartó la mano y, con el movimiento, salpicó todo de vino.

—¡Mira lo que has hecho, Cendrine! —La tía Pearl cambiaba el
peso de un pie a otro mientras estudiaba la copa—. Ya no queda
nada... —Retrocedió unos cuantos pasos.

La agarré por la muñeca y casi me caigo con ella al intentar equili-
brarla. ¿De dónde había sacado ese vino? Ninguna de las casetas
estaba abierta.

Pearl elevó la voz mientras seguía balanceándose.

—Escúchame, sheriff. Estás permitiendo que continúe esta violación a la justicia, y pronto nos tomaremos la justicia por nuestra
mano. Aunque, debo decir, que el syrah de Vinos Lombard es

espectacular, gracias a mi ayuda en el último momento —dijo con hipo.

Miré el gimnasio incómoda, preocupada por si Desiree, Richard o cualquiera había visto eso. Por suerte, sus gritos no pasaban por encima del fuerte murmullo de la multitud.

El gimnasio se estaba llenando a toda velocidad. Ya había cerca de cien personas entre habitantes del pueblo, compradores y trabajadores de la industria del vino. El resto, voluntarios y gente de pueblos vecinos que buscaban entretenimiento para el sábado. El Festival del Vino de Westwick Corners era el único día del año en el que la gente podía beber sin sentirse culpable.

—Cálmate, Pearl —suspiró Tyler—, veré lo que puedo hacer. ¿Has visto a Richard por ahí?

La tía Pearl asintió.

—Se ha ido. Salió del aparcamiento como si le ardieran los pantalones —dijo otra vez con hipo—.Casi roza el Palacio de Pearl.

—¿Se ha ido? —Tyler frunció el ceño—. El festival está a punto de comenzar. ¿No te ha dicho a dónde iba?

—Ni lo ha dicho, ni le he preguntado —dijo la tía Pearl—. ¿Ha terminado ya el interrogatorio o voy llamando a mi abogado?

A Tyler le salió una sonrisa involuntaria.

—Eres divertidísima.

Eso solo la enfureció aún más.

—Sé todo lo petulante que quieras, tengo asuntos que atender.

Se dio la vuelta y caminó vacilante hacia la puerta de salida.

—Va a dormir la mona a la caravana —dijo mamá—. Iré a verla en un rato.

—Esto es bueno —sonrió Trina—. Que Richard llegue tarde le da a Antonio tiempo para volver antes de que empiece todo. Me preocupaba que no llegara a tiempo y le descalificaran.

No había razón para que Trina, empleada de Vinos Lombard, no representara a la bodega, pero durante años, el festival se había regido por unas normas antiguas como excusa para descalificar a concursantes por tecnicismos. Una de esas normas era que el dueño de la bodega tenía que estar presente.

Eso me recordó que mi presencia allí no era meramente social. Tenía que escribir artículos de cada participante en las semanas previas al festival, y mi último encargo consistía en probar cada vino del festival junto con los jueces y dar mi propia, y no comprada, opinión. A veces, mis preferencias diferían de los resultados oficiales.

De hecho, casi siempre eran diferentes.

Eso es lo que había insinuado Desiree sobre el merlot tinto Hora de Brujas de mamá. Bueno, no era mi jefa, y podía escribir lo que me diera la gana. No estaría mintiendo si alabara el mérito del syrah de Antonio. Desiree no podía hacer nada frente a eso.

—Cuando acaben los jueces y el drama hasta el año que viene —dijo Tyler cogiéndome de la mano—, podré darte la sorpresa. ¿Te imaginas lo que es?

—No, no me das ninguna pista. —Cada vez que le pedía alguna pista, cerraba la boca.

—Ay, Cen —dijo mamá—, te va a hacer tan feliz.

—¿Tú también lo sabes? —pregunté—. ¿Cuándo me voy a enterar?

—Pronto —contestó Tyler—, muy pronto. ¿Verdad, Ruby?

—¿No puedes darme solo una pista?

En ese preciso momento, a Tyler le sonó el teléfono y, al ver quién llamaba, le cambió la cara a una de profunda preocupación. Nos miró a Trina y a mí mientras hablaba por teléfono.

Sacó las llaves del bolsillo, con la cara sombría.

—Era Antonio.

—Espero que le hayas dicho que se dé prisa con el vino —dijo Trina—. Estas dos botellas no me van a durar ni cinco minutos.

Tyler sacudió la cabeza.

—Olvidaos de eso. Richard está muerto. En la bodega Lombard.

CAPÍTULO 10

—*C*en, tengo que irme. Ven conmigo. —Tyler dio media vuelta y fui tras él.

Me costaba seguir el acelerado ritmo de Tyler hacia la puerta de salida. Mientras caminábamos, llamé a la policía de Shady Creek para pedir ayuda.

Tyler era el único agente de la ley de Westwick Corners, así que cuando había una investigación por un delito mayor, la policía de Shady Creek acudía. La ciudad mayor estaba a una hora, así que pasaría un rato antes de que llegara la ayuda. La unidad de criminología nos esperaría en la bodega.

Como ciudadana, tenía poco más que ofrecer que apoyo moral, pero mis poderes de observación estaban bien. Además, como periodista, iba a dirigirme a la escena del crimen de un modo u otro.

—Antonio me ha dicho que los bomberos ya están allí—dijo Tyler cuando ya estábamos en el aparcamiento y cerca de su Jeep. El pueblo era demasiado pequeño para que tuviéramos equipo de paramédicos. Los bomberos voluntarios tenían cursos de primeros auxilios y eran los primeros en llegar a las emergencias. La mayoría de las llamadas no eran por fuegos, sino por motivos médicos.

Para cuando Tyler abrió el Jeep y me hizo un gesto para que entrara, ya caía una lluvia constante.

Tomé asiento y vi que Richard había dejado la capota de su coche bajada.

—¡Esperad! —Trina corría por el aparcamiento para alcanzarnos —. Voy con vosotros.

Antes de que Tyler pudiera objetar algo, ya se había sentado en la parte de atrás.

Vi la enorme caravana de la tía Pearl cuando salíamos del aparcamiento, que ahora estaba estacionada en la calle. Aunque la lujosa casa con ruedas estaba aparcada legalmente, los toldos estaban totalmente extendidos, así que seguía obstruyendo tanto la acera como la carretera.

Había otro problema. Había muchas más mesas y sillas colocadas por toda la calle. Docenas de personas deambulaban, algunas caminaban por la carretera. Vi algo rojo por el rabillo del ojo y distinguí a la tía Pearl con su chándal rojo de lentejuelas con una toalla colgada del hombro. Resulta que no había ido a echarse la siesta a la caravana. En su lugar, estaba ocupada sirviendo bebidas a docenas de personas con una enorme bandeja que apenas hacía equilibrio sobre su huesudo brazo. Lo de estar borracha había sido solo una actuación.

Justo en ese momento elevó la vista y nuestras miradas se cruzaron.

Se giró con la misma rapidez y evitó el contacto visual. Tramaba algo. No me quedaba ninguna duda. Pero, fuera lo que fuera, tendría que esperar.

Asomé la cabeza para tener mejor visión. Tal y como sospechaba, había encontrado la forma de ganarse un dinero rápido. Reconocí las cajas de cartón apiladas fuera de la caravana: eran el merlot tinto Hora de Brujas de mamá y el syrah de Vinos Lombard.

Con razón Antonio no tenía vino. No se le había olvidado, había sido la tía Pearl la que estaba detrás de todo. Por eso se había mostrado tan interesada en ayudar a embotellar el vino. Era para poder venderlo a costa de Antonio y de mamá.

—Ya estamos otra vez —suspiré.

—Es la segunda vez que rompe la ley —suspiró Tyler—, no tiene licencia para el bar callejero.

Trina inclinó el cuello al pasar por delante de la caravana.

—¡Es nuestro vino! Pearl nos lo ha quitado en nuestras narices.

—Lo siento, Trina. Está totalmente fuera de control —suspiré, sabiendo que nada podría pararla.

—Tampoco es que yo pueda hacer mucho ahora mismo —dijo Tyler—. Tendré que ocuparme de ella después.

Todavía era por la mañana, pero prometía ser un día lleno de delitos.

CAPÍTULO 11

*A*ntonio estaba fuera de Vinos Lombard. Estaba empapado por la lluvia, con el pelo pegado a su sonrojada cara. Andaba de un lado a otro, murmurando cosas sin sentido.

Tenía la camisa blanca manchada de sangre por la parte delantera y en las mangas enrolladas. Las manos y antebrazos también lucían manchas de color carmesí brillante cuando nos hacía gestos frenéticos para que nos acercáramos.

Tyler aparcó en frente del camión de Antonio.

Trina saltó del Jeep y corrió hacia Antonio con los brazos abiertos.

—Trina, quieta. Esto podría ser la escena de un crimen. —Tyler salió corriendo a toda velocidad detrás de Trina y la agarró del antebrazo para que no tocara a Antonio. Puso las manos sobre sus hombros y la detuvo justo antes de que pudiera abrazarlo—. No le toques, por favor.

—Ah, de acuerdo. —Trina bajó los hombros y los brazos y dio un paso atrás—. Antonio, ¿qué ha pasado? ¿Estás bien?

Antonio negó con la cabeza. Todo su cuerpo temblaba.

—Richard está en la bodega. No sé cómo ha podido entrar porque ayer cerramos con llave y no hemos vuelto desde entonces.

—No entiendo cómo habrá entrado —asintió Trina—, yo misma vi a Antonio cerrar el sótano y el edificio el viernes por la tarde, Tyler. Incluso comprobó las cerraduras.

—¿A qué hora fue eso? —preguntó Tyler frunciendo el ceño.

—A la hora de cenar, más o menos, cuando Cen y Pearl se fueron —dijo Trina—. Ya habíamos cargado el vino en el camión, así que esta mañana no teníamos que entrar en el edificio.

—¿A qué hora te fuiste, Trina?

Trina se sonrojó.

—No me fui. Me quedé por la noche y estuve con Antonio todo el tiempo. Estoy totalmente segura de que la bodega y el sótano estaban cerrados. Llegué a escuchar el chasquido de la cerradura.

—Antonio, ¿qué ha pasado?

—No... No lo sé. Bajé las escaleras del sótano y abrí con el código y la huella dactilar como siempre. Entré y encontré a Richard.

—¿El sótano estaba cerrado cuando entraste? ¿Estás seguro de que estaba cerrado?

Antonio asintió.

—¿Se cierra automáticamente cuando cierras la puerta? —preguntó Tyler.

—Sí. Solo se puede abrir con el código y la huella dactilar. Se cierra automáticamente cuando cierro la puerta.

—Vale —asintió Tyler—. Hablaremos en un momento, pero ahora tienes que quedarte aquí hasta que vuelva.

—¿A dónde vas?

—Al sótano, ¿está abierto?

—Sí —dijo Antonio con un susurro—, he puesto un barril en la puerta para que no se cerrara.

Al lado de Antonio, había dos bomberos voluntarios. El camión estaba aparcado a unos pocos metros del de Antonio. El departamento de bomberos voluntarios ayudaba en los fuegos y en los asuntos médicos. Claramente, había ocurrido una emergencia.

Tyler hizo un gesto para que se acercaran al Jeep, donde Antonio y Trina no pudieran escucharles. Les seguí. Tyler no se opuso.

—Está dentro —dijo Mark, el bombero mayor, en voz baja—, en el sótano, con varias puñaladas en el pecho y el cuello.

—¿Estás seguro de que está muerto? —preguntó Tyler.

Mark asintió y tragó saliva.

—Nadie podría sobrevivir a eso. Richard está muerto. Había tanta sangre que no he podido reconocerle hasta que Antonio me ha dicho que era él.

Toda la gente del pueblo tenía problemas con Richard. Como jefe del único banco del pueblo, decidía si las hipotecas o alquileres de los pequeños negocios se aprobaban o se desestimaban. Ejercía un gran poder en las vidas de la gente y, a menudo, no de forma positiva. No sabía quién le querría muerto, pero le caía mal a mucha gente. Desde luego, Antonio tenía un motivo, pero no era el único.

Quería saber más sobre las heridas de Richard, pero era la investigación de Tyler, no la mía, y no quería comprometerla. Era una gran historia para mi periódico, pero debía ser paciente. Pronto me enteraría de algo más.

A pesar de todo, algunas cosas estaban más que claras. Antonio era el principal sospechoso por haber descubierto el cuerpo. Eso le colocaba en la escena del crimen que, a su vez, resultaba ser su propiedad. Además, habían encontrado a Richard en el sótano que solo podía abrir el mismísimo Antonio.

Tenía los medios, el motivo y la oportunidad.

Enfrente de mí se estaba dando una noticia de primera página, y era difícil no hacer preguntas. La historia no iba a escribirse sola, así que quería conseguir la máxima información posible. Tenía que informar antes de que la rueda de cotilleos del pueblo comenzara a girar.

—Antonio, no hables con nadie ni toques nada ni a nadie —le dijo Tyler.

—¿Estoy arrestado?

—Aún no —contestó Tyler. Se giró hacia los dos bomberos—. No perdáis a Antonio de vista. Que no se mueva de aquí. El equipo de criminología de Shady Creek llegará enseguida. Mientras tanto, voy a echar un vistazo rápido dentro. Vuelvo en un minuto.

Tyler tenía que hacer una elección imposible al ser el único policía del pueblo, ya que no podía investigar la escena del crimen e interrogar a un sospechoso al mismo tiempo. Porque eso es lo que era Antonio, un sospechoso. Esperaba que hubiera otra explicación, pero la cosa no pintaba bien.

Trina y Antonio estaban juntos y hablaban en voz baja, ignorando las instrucciones de Tyler. No había riesgo de que Antonio se fuera a dar a la fuga, principalmente porque el Jepp de Tyler bloqueaba su camión. Estaba bien que Trina hubiese venido; su presencia había calmado a Antonio.

Tyler no me dio ninguna instrucción, así que le seguí por la bodega. Casi tuve que echar a correr para seguirle el ritmo.

—Cen, es la escena de un crimen —me dijo—, ¿estás segura de que...?

—He estado en prácticamente todas las escenas del crimen que has tenido. Estoy cubriendo la noticia, así que está bien que vaya contigo. Puedo aportar otro par de ojos.

—No —contestó, negando con la cabeza—, no puedes divulgar información privada.

Levanté las cejas.

—Sabes que no voy a publicar nada sin tu permiso. Además, no deberías entrar ahí solo. Puedo corroborar lo que veas y ayudarte a documentar las cosas. Al menos, deja que me quede hasta que llegue la policía de Shady Creek.

—De acuerdo, pero no toques nada.

Tyler sacó una bolsita de guantes de látex del bolsillo. Me la tendió. Saqué un par y me los puse. Volvió a meter la bolsita en el bolsillo tras ponerse él mismo otro par.

A medida que bajábamos las escaleras, un resplandor cálido iluminaba el camino. La puerta del sótano estaba entornada, y la luz amarillenta del interior casi invitaba a entrar.

Tyler puso un pie dentro y me hizo un gesto para que le siguiera trazando un amplio arco a la derecha.

Enseguida vi por qué. Unas huellas de color sangre apagado cruzaban el sótano de cemento pulido. Las pisadas se volvían más oscuras a medida que avanzábamos por el sótano. A juzgar por el tamaño de las pisadas, se trataba de unos zapatos de hombre con la suela de una zapatilla de deporte. Se movían en círculos antes de desaparecer en unos enormes charcos de sangre que manchaban el suelo. En el centro de toda esa sangre, había un hombre. Estaba tendido sobre su espalda, con un brazo sobre el estómago y el otro a un lado. La camisa estaba tan calada de sangre que era imposible decir de qué color era inicialmente.

Tenía la cara totalmente cubierta de sangre, y estaba prácticamente irreconocible. Sabía que tenía que ser Richard porque su altura y constitución eran inconfundibles. Tenía numerosos cortes en los brazos, lo que parecían ser heridas de defensa.

Richard había luchado por su vida, pero había perdido.

Las heridas estaban lejos de lo necesario para matar a alguien. Incluso yo me di cuenta de eso. Quien quiera que fuera el asesino, llevaba mucha rabia dentro y tenía que odiar a Richard.

—Múltiples puñaladas, pecho y cuello —dictó Tyler a su teléfono.

—Más huellas —dije, señalando el suelo. Parecía haber dos tipos, a juzgar por los diferentes patrones de la suela. Algunas eran más claras, otras difuminadas. Las del segundo tipo, además, eran pisadas más grandes, claramente de zapatos de hombre. No me había dado cuenta de los dos tipos diferentes al entrar pero, de nuevo, había estado preparándome para lo que iba a encontrarme en el sótano.

—¿Un par de huellas para la víctima y el otro para el asesino? —pregunté.

—Podría ser —Tyler frunció el ceño—, pero dudo que la víctima estuviera en pie después de haber perdido tanta sangre. Podría tratarse de un asesino y un cómplice.

—No me puedo creer que Antonio hiciera esto. ¿Cómo iba a poder? Se fue del festival del vino él solo y tardó unos quince minutos en llamar. ¿Es suficiente tiempo para matar a alguien? Richard se fue justo después de Antonio, según la tía Pearl. Y cada uno iba en su propio coche.

—Puede que el cómplice del asesino ya estuviera aquí esperando —concluyó Tyler.

Al menos, estaba lo suficiente abierto como para no decir que era cómplice de Antonio.

Tyler siguió hablándole al teléfono.

—No hay signos de robo ni de cerradura forzada. Se aprecia claramente mucha ira contra la víctima, a juzgar por las múltiples puñaladas. El crimen era personal.

—Richard es un hombre grande —asentí—. Tuvo que ser difícil derribarle, incluso siendo un ataque sorpresa alimentado por la ira.

Se me aceleró el pulso al recordar el furioso encuentro de Antonio con Richard el día anterior. No había sido el mismo últimamente, pero no llegaría al punto de matar a alguien.

¿O sí? Había actuado de forma muy extraña, todo podía ser posible.

Tyler volvió a meter el teléfono en el bolsillo.

—Te sorprendería lo que puede llegar a hacer la gente cuando está desesperada, Cen. Ahora mismo, todo apunta a Antonio. Descubrió el cuerpo de Richard y, de acuerdo con la versión de Pearl, salió del aparcamiento justo detrás de Richard. Eso significa que Antonio pudo ser la última persona en ver a Richard con vida. No quiero creérmelo, pero a menos que Antonio pueda colocar a otra persona en esta línea de tiempo, no hay nadie más involucrado.

—Pero…

—Tengo que ir a donde me lleven las pistas. —Tyler señaló las escaleras—. Ve arriba, voy en un minuto. Quiero grabar la escena para volver a verla más tarde.

—¿No se encargarán de eso los técnicos de Shady Creek?

Asintió.

—Lo harán, pero quiero grabar mi propia versión para empezar a trabajar en el caso cuanto antes. Todo el pueblo va a estar nervioso. Tengo que resolver esto rápidamente.

Me dirigí escaleras arriba y atravesé la bodega, con cuidado de alejarme de las huellas de sangre que se iban desvaneciendo al acercarse a la puerta del sótano. El segundo tipo apenas era visible salvo por unos talones difuminados, casi como si la persona estuviera coja o caminara de forma extraña.

Había algo más. Habíamos cargado el camión de Antonio la noche anterior, pero no con todo el vino. Había demasiado para que cupiese en el camión de Antonio, así que lo que sobraba lo habíamos colocado contra el muro de la bodega. Se había esfumado todo.

¿La tía Pearl se había llevado el vino del camión de Antonio y el que nos había sobrado en la bodega? Eso significaba que también había vuelto allí. ¿Habría vuelto a entrar en el sótano?

Salí de la bodega y respiré aire fresco. Sentí los ojos de Antonio sobre mí al acercarme a los hombres.

Parecía asustado.

Era un desastre del que no podía sacarle.

CAPÍTULO 12

ermanecimos en un silencio incómodo mientras los minutos pasaban lentamente. Había tantas cosas que quería preguntarle a Antonio, pero me quedé callada. En su lugar, examiné la propiedad, intentando sacar toda la información posible. Las cosas se parecían mucho a como estaban el día anterior. Saqué el móvil y grabé la escena, pensando que las pistas podrían revelarse al inspeccionarlo más de cerca al cabo de un rato. Hice un lento movimiento a través de la propiedad, desde la carretera hasta la bodega y de nuevo hacia la casa de Antonio, que estaba a unos nueve metros de la bodega.

Tyler emergió de la misma después de lo que había parecido un rato larguísimo. Le hizo un gesto a Mark para que se reuniera con él en la entrada. Los hombres estaban fuera del alcance de nuestro oído, pero Tyler tenía el teléfono en la mano, así que supuse que estaba grabando las declaraciones de Mark. Hablaron durante unos cinco minutos antes de que ambos volvieran hacia donde estábamos. Mark pasó por delante sin dirigirnos la palabra y se reunió con el otro bombero, que le esperaba al lado del camión.

—He asegurado el edificio hasta que lleguen el forense y los técnicos en investigación de la escena del crimen de Shady Creek. No deberían tardar mucho —nos dijo Tyler a Antonio y a mí.

—¿Técnicos en investigación de la escena del crimen? —preguntó Antonio.

—Es el protocolo a seguir cuando alguien muere por causas no naturales, Antonio.

Obviamente, Antonio debía estar en shock. Di un puntapié contra el suelo; me sentía muy incómoda.

—Ah —la voz de Antonio sonaba desinflada.

Miré a los pies de Antonio. Tenía las deportivas llenas de sangre y eran de un tamaño similar al rastro que había dentro del sótano. No iba a ser capaz de ver el dibujo de la huella a no ser que, de forma improbable, levantara el pie. Entrecerré los ojos para ver si podía distinguir alguna marca o logotipo, pero las manchas de sangre lo hacían imposible. Los técnicos de la escena del crimen confirmarían definitivamente si las pisadas eran o no de Antonio, pero quería saberlo ya.

Salté al escuchar un portazo, pero solo eran los bomberos volviendo al camión.

Vimos en silencio cómo ponían en marcha el vehículo y cruzaban las puertas para volver al pueblo.

Trina caminó hasta la puerta principal, siguiendo el rastro del camión. Hablaba por teléfono en voz baja, como si no quisiera ser escuchada. Caminó en círculo un par de minutos y terminó la conversación, devolviendo el teléfono al bolsillo.

Se acercó a nosotros sin decir nada más.

—Dime lo que ha pasado, Antonio. —La cara de Tyler no mostraba ninguna expresión.

A Antonio le temblaba la mano mientras se tocaba la cara, que también estaba manchada de sangre.

—Cuando he vuelto para coger el vino, lo primero que he visto ha sido que la puerta principal de la bodega estaba abierta. Sé que estaba cerrada cuando me he marchado esta mañana.

—¿Has escuchado algún ruido o visto algo fuera de lugar?

—No —contestó Antonio—, he echado un vistazo pero no había

nadie dentro y nada parecía extraño. A excepción del vino que habíamos amontonado contra el muro, que ya no estaba. Es entonces cuando he bajado al sótano para ver si, por alguna razón, el vino estaba allí. He bajado las escaleras, he abierto la puerta y he entrado. He encendido la luz, pero no alumbra mucho y estaba ocupado intentando encontrar más vino cuanto antes. He ido hasta las estanterías de vino del otro lado del sótano. No, no he visto a Richard en un primer momento. Después, he tropezado con algo. Resulta que era Richard. Ahí estaba, muerto… en el suelo de mi sótano.

—Mmm… Así que la bodega estaba abierta pero el sótano no — dijo Tyler.

—Es raro —asintió Antonio—, pero me he imaginado que algún intruso había intentado entrar y no había podido burlar la seguridad del sótano, así que se había ido.

—¿No viste la sangre por todas partes?

Antonio negó con la cabeza.

—No, porque no había sangre fuera, en la bodega. Solo en el sótano. Supongo que estaba tan concentrado en ir a por vino que no le he prestado atención a lo que me rodeaba.

—Vale… Así que luego has encontrado a Richard. ¿Cómo sabías que estaba muerto? ¿Le has tomado el pulso?

—Lo he intentado… pero entonces he visto que no se movía, que el pecho no se elevaba ni bajaba. No sé por qué estaba seguro, pero lo estaba. Había mucha sangre y no creía que fuera posible…

Esa explicación no casaba con la ropa manchada de sangre de Antonio. Si no había ayudado mucho, y Richard ya estaba muerto, ¿por qué estaba cubierto de sangre?

—¿Cuánto rato ha pasado antes de que llamaras para pedir ayuda después de descubrir a Richard? —preguntó Tyler.

—Ha sido inmediato. He salido corriendo porque me preocupaba que quien le hubiera matado siguiera aquí. He corrido hacia la puerta y he llamado a los bomberos primero y luego a ti. —Antonio tenía la voz áspera—. ¿Tenía que hacerlo de otra forma?

Tyler no contestó.

—¿Estás seguro de que no te dejaste el sótano abierto, Antonio? —

pregunté—. Háblale a Tyler de ese cierre de seguridad de alta tecnología.

—Puse un seguro nuevo hace un par de meses. Utiliza una combinación de un código y mi huella dactilar. Se llama cierre biométrico. Se supone que es a prueba de ladrones, pero alguien lo violó.

Le expliqué a Tyler rápidamente lo del cierre biométrico del sótano y cómo podía desbloquearse solo con el número y la huella de Antonio pulsada contra el sensor.

—¿Un cierre biométrico no es un poco exagerado para un pueblo? —dijo Tyler frunciendo el ceño.

—Aparentemente no —intervino Trina—. Richard es la prueba. De alguna manera, consiguió entrar, ¿no?

—¿Quién más tiene llave, Antonio? —preguntó Tyler—. ¿Trina, Jose?

—Solo yo —contestó negando con la cabeza—. Jose dijo que no quería que le incluyera porque le daba miedo que alguien le cortara el dedo o algo. Obviamente era una excusa, porque no tener acceso le eximía de cualquier trabajo.

—Jose también es propietario de la bodega. —Tyer seguía con el ceño fruncido—. ¿Cómo es que no tenía acceso?

Antonio se encogió de hombros.

—Jose no ha tenido acceso desde que instalamos el cierre nuevo hace un mes. Intenté que pusiera su propio código y huella, pero seguía poniendo excusas. Siempre estaba liado o fuera, con alguna otra cosa. Me dijo que se pasaría, pero nunca llegó a hacerlo.

—¿Y Trina tampoco tiene acceso?

—No —dijo Antonio—, Jose se negó a dárselo.

Trina vaciló. Miró hacia otro lado, claramente avergonzada.

—¿Por qué a Trina no? —continuó preguntando Tyler—. Es la empleada a tiempo completo. ¿No es un poco arriesgado restringir el acceso a solo una persona? ¿Y si te pasara algo?

—Esto tiene más que ver con Jose que con Trina —respondió Antonio—. Cree que Trina actúa más como una dueña que como una empleada. Eso es lo que me gusta de ella, trata nuestro negocio como si fuera el suyo. Toma buenas decisiones, me ha sacado de más líos de los que puedo contar. La verdad es que no sé qué haría sin ella. Jose siempre me deja con marrones, y puedo contar con Trina para que se encargue de las cosas. No sé por qué siempre me doblego a lo que él me dice. De hecho, cuando venga el técnico el lunes, voy a pedirle que le conceda acceso a Trina. Me da igual si a Jose le gusta o no.

—El lunes podría ser el banco el que tome las decisiones —le recordé a Antonio—. Además, esta es una investigación de asesinato en activo. No puedes alterar el acceso de los usuarios a la bodega. Dudo que ni siquiera puedas arreglar la luz. Todo son pruebas y tiene que quedarse tal y como está.

—Cen tiene razón —dijo Tyler—. De momento, todo queda paralizado.

—¿El embargo también? —A Trina se le iluminó la expresión.

—Al menos, la posesión física —Tyler miró a Antonio—. Una última cosa... Tienes que encontrar algún sitio donde quedarte.

Me pregunté cómo iba a ganar el banco acceso una vez que la bodega estuviera hipotecada. ¿Podían obligar a Antonio a abrirla con la huella? ¿O se podría quitar la puerta?

Fue como si Antonio me leyera el pensamiento.

—Aseguraos de que la puerta del sótano se queda abierta. Si se cierra, no podréis abrirla. Hasta las bisagras están por dentro para que no se puedan forzar.

—Todo se puede abrir con las herramientas adecuadas —me detuve. Unos cuantos hechizos probablemente abrirían esa puerta. Tenía que tener en cuenta ese hecho, por desagradable que fuera.

—¿Tienes pensado irte a algún sitio, Antonio? —Tyler no apartaba la mirada de él.

—No, claro que no —respondió Antonio—. Solo que si no se me permite entrar en mi propiedad, necesitaréis un plan B para la cerradura.

Tyler se aclaró la garganta.

—Dijo el hombre que no tenía plan B. Todo en esa cerradura apunta a que la has abierto tú, Antonio. Si tienes cualquier otra información que diga lo contrario, debes decírmela ahora mismo.

—Tendrás que preguntar a SecureTech, la empresa que la instaló —

dijo Antonio—. Yo ya he llamado al técnico para que venga el lunes a arreglar una bombilla fundida y a darme un manual nuevo de instrucciones. Puedes aprovechar y hablar con él entonces.

—No puedo esperar tanto —respondió Tyler—, les llamaré para que vengan ahora mismo.

—No vas a conseguir que venga nadie un sábado —dijo Antonio negando con la cabeza—. Están a una hora de camino y cierran hasta el lunes. Nadie coge el teléfono los fines de semana.

—Necesito el código. —Tyler le tendió a Antonio un bloc de notas y un boli. Esperó a que lo escribiera y le devolviera ambas cosas—. Además, voy a contrastar lo que me has contado con Jose.

—Adelante. Aunque ha salido del pueblo unos días, está repartiendo vino por la costa.

—Bueno —dijo Tyler con el ceño fruncido—, daré con él.

—Ya lo he hecho yo —intervino Trina—. Ha dado la vuelta con el camión y está de camino.

—Dices que eres el único con acceso, Antonio —dijo Tyler—. Pero no veo ningún signo de que la puerta esté forzada.

—SecureTech tiene muchas cosas que explicar —contestó—. Me dijeron que no se podía comprometer su tecnología, que ni siquiera copiando mi huella dactilar se podría forzar el sistema. No entiendo cómo ha podido entrar alguien.

—Yo tampoco —contestó Tyler secamente—. A menos que Richard consiguiera abrir la puerta, cerrarla tras de sí y después asesinarse.

Antonio se encogió de hombros.

—A mí también me parece imposible, pero ahí estaba. Le di a algo muy pesado con el pie y ahí es cuando tropecé y perdí el equilibrio. Me caí justo encima. Sentía su cuerpo como… sin vida y denso. No sé cómo explicarlo, pero no se movía ni hacía ningún ruido cuando… —Antonio se estremeció y cogió una bocanada de aire—. Estoy seguro de haber cerrado el sótano, Tyler. Trina también te lo ha confirmado, tienes su palabra.

—¿No has entrado al sótano esta mañana? —preguntó Tyler—. ¿Para coger un par de botellas más para el festival, quizás?

Antonio negó.

—No. Cen y Pearl me ayudaron a subir todo al camión el viernes por la tarde para que no tuviera que hacer nada esta mañana. Todo estaba listo, al menos hasta que he llegado al festival y he descubierto que faltaba casi todo el vino.

Aguanté la respiración. Si la tía Pearl había acabado teniendo el vino de Antonio, era razonable pensar que había estado en la bodega, y quizás también en el sótano. Se había mostrado muy interesada en la cerradura, y le gustaban los desafíos. ¿Podría la brujería violar un escáner de huellas dactilares? Si era así, eso significaba que el sótano lo había abierto alguien diferente a Antonio.

Quizás. Tenía que descubrirlo como fuese.

—¿Cómo no te diste cuenta de que te faltaba vino antes de llegar al festival? —preguntó Tyler—. ¿No te diste cuenta de que habían entrado en tu camión?

Antonio negó con la cabeza.

Vinos Lombard tenía una puerta cerrada en la entrada, y habíamos cargado las cajas de vino en la cabina y en la caja del propio camión. Había visto a Antonio cerrar el camión cuando terminamos el viernes por la tarde.

—El camión contenía al menos cincuenta cajas de vino. ¿No te diste cuenta de que ya no estaban? —pregunté.

—Las cajas no habían desaparecido. Quiero decir, las cajas estaban, pero vacías. Eran las botellas de dentro lo que había desaparecido. Me di cuenta de que los cartones no tenían nada dentro cuando empecé a descargarlos en el festival. El vino había desaparecido. Pero la puerta de la bodega seguía cerrada cuando me fui. El camión también estaba cerrado. No entiendo qué ha pasado.

—Eso son cuatro cerraduras, y seguimos sumando —contestó Tyler—. La entrada de la bodega, la bodega, el sótano y tu camión.

—Es un misterio —dijo Antonio encogiéndose de hombros.

La tía Pearl nos debía una explicación. ¿Admitiría por lo menos haber robado el vino de Antonio? Sabiendo hasta qué punto había intervenido, podríamos dar con sospechosos adicionales. Obviamente, había entrado en el camión. ¿Habría quebrantado el cierre de seguridad también? Sin su confesión, Antonio sería culpable.

—¿Hay alguien más que tenga llave de la entrada de la bodega? —inquirió Tyler.

—Trina y Ruby West tienen llaves de la entrada y de la bodega, pero no del sótano. Lógicamente, Jose tiene llaves de todo pero está fuera —dijo Antonio—. No robaría su propio vino. Aunque tengo mis sospechas. Pearl West ha montado un puesto de venta al lado del festival. He oído que estaba vendiendo mi vino en su caravana. Nunca le he dado ni una botella, ¿cómo lo ha conseguido? —Antonio se giró hacia mí—. ¿Por eso teníais tantas ganas de ayudarme ayer? ¿Para poder dejar mi vino fuera y robarlo por la noche?

Me quedé anonadada con esa acusación.

—¡Por supuesto que no! Quería ayudarte y la tía Pearl insistió en venir conmigo. No puedo hablar por ella, claro está, pero seguro que pensó que te estaba ayudando a su extraño modo.

Ni yo me creía eso, pero no tenía ni idea de qué más podía decir. La tía Pearl hacía muchas cosas, pero robar no era una de ellas. Al menos, no que yo supiera. Por otro lado, podría haber utilizado la llave de mamá para abrir la entrada, y era un hecho que estaba vendiendo el vino de Antonio en su puesto de venta sin su permiso.

Técnicamente, no le había hecho falta robar el vino de Antonio. Podría haber conjurado más, pero aprovecharse de la brujería iba en contra de las normas de la AIAB. La tía Pearl ya tenía un aviso de la AIAB por las navidades pasadas. No podía permitirse un segundo aviso o la suspenderían.

Así que, en lugar de brujería, tenía que haber cogido el vino físicamente, vaciando las cajas para que nadie la descubriera. En lugar de romper las normas de la AIAB, había roto el código penal. La tía Pearl era una ladrona, y no sentía ninguna envidia de Tyler cuando tuviera que arrestarla.

Claro que las normas de la AIAB no la habían detenido anteriormente. Le gustaba romperlas. De hecho, vivía de ello. Sabía de sobra que coger el vino de Antonio le metería en un buen lío durante el resto del festival. Su interferencia era una travesura terriblemente inoportuna o algo peor. El vino perdido de Antonio no le dejaba más remedio que hacerle volver a la bodega y encontrar a Richard.

Las ganas de Pearl por ayudar a Antonio a embotellar eran realmente ganas de ayudarse a sí misma. Me sentí furiosa. Si tenía otra explicación, no llegaba a imaginar cuál era. Al menos, tenía que hablar con ella antes de confesarle mis sospechas a Tyler.

Pero por ahora, tendría que posponer todo eso a la investigación del asesinato.

Antonio levantaba las manos mientras hablaba, dejando ver varios cortes en los antebrazos. Parecían recientes, como si hubiera estado en una pelea.

Tyler también los vio.

—¿Qué te ha pasado?

—Me he cortado en la puerta al volver a la bodega, al intentar abrirla. Se me ha enganchado la camisa en un alambre de espino que sobresalía. Después, al intentar soltarme, he perdido el equilibrio y se me han enganchado también los brazos. Son cortes tan profundos que no dejan de sangrar.

Trina frunció el ceño, pero no dijo nada.

—¿Eso es todo? —Tyler miró a la entrada, pero los técnicos de Shady Creek aún no habían llegado. Se volvió hacia Antonio—. ¿Has organizado tú la reunión o ha sido Richard?

Los ojos de Tyler se entrecerraron para ver la reacción de Antonio.

—Ninguno de los dos… No había reunión. No le he llamado ni él a mí. No esperaba ver a nadie en la propiedad, y menos a Richard. Se supone que tenía que estar en el festival, igual que yo. Después de todo, él era el juez de la competición.

—¿Te ha parecido que hubiera algo más fuera de lo normal?

—No —dijo Antonio meneando la cabeza—. Tenía prisa por volver al festival porque Trina estaba sola en el puesto. He entrado a la bodega directo al sótano.

—¿Estabas solo en ese momento? —continuó Tyler.

—Claro que estaba solo. Ya sabes que Trina estaba en el festival.

Tyler asintió.

—¿Y nadie se ha encontrado aquí contigo?

—¿Cuántas veces tengo que decírtelo, Tyler? No ha venido nadie ni he quedado con nadie. Richard ya había venido ayer para decirme que el banco me iba a embargar. Después, se fue. No había nada que hacer hasta que consiguiera el dinero. No tenía ningún motivo para estar aquí. Tenía que haber estado en el festival del vino porque iba a empezar el concurso. Soy el primero que no sabe por qué estaba aquí.

—El festival del vino queda a solo unos minutos en coche de aquí —añadió Tyler—, tiempo suficiente para una conversación rápida sobre algo importante, como perder tu bodega y tu casa.

—Eso no ha sido así. —La voz de Antonio se alzó con frustración—. Y todavía no he perdido nada.

—No, pero estás a punto. Quizás hayas llamado a Richard para pactar una extensión temporal o una refinanciación.

Antonio levantó la mano para objetar.

—Eso ya lo intenté, pero no cedió. Pregúntale a Cen. Estaba aquí ayer conmigo cuando Richard me dio el ultimátum. Era pagar o el banco me embargaría.

—Richard le dijo a Antonio que tenía hasta el lunes —dije.

La desagradable verdad era que Antonio tenía un importante motivo para matar a Richard. El Antonio que yo conocía nunca recurriría a la violencia. Sin embargo, a medida que sus problemas financieros habían empeorado, su personalidad había cambiado. La desesperación hace que la gente haga las cosas más inimaginables.

Pero no me creía que Antonio se hubiera convertido en un asesino a sangre fría.

A menos que...

¿Y si el hechizo de la tía Pearl tenía efectos inesperados? La pasión podía llevar a una persona a hacer cosas maravillosas o terribles. Antonio sentía pasión por la bodega, y estaban a punto de arrebatársela.

Quizás la tía Pearl hubiera lanzado un segundo hechizo del que yo no sabía nada. Y, más importante aún, un hechizo que trucara el cierre biométrico. ¿Cómo podía demostrarlo? Necesitaba descubrirlo.

Me di la vuelta para mirar a Antonio.

—Si nadie más que tú puede abrir la puerta del sótano, ¿cuál era tu plan B en caso de que te pasara algo? Seguro que tienes uno. ¿Cómo podría entrar alguien al sótano?

Antonio señaló a Trina con la cabeza.

—Había pensado en añadir a Trina, pero entonces Jose se opuso y aún no se me había ocurrido ese plan B. Ahora me doy cuenta de lo estúpido que suena.

Antonio se apoyó contra la pared del edificio con aire agotado. Se dejó caer hasta quedar sentado con las piernas extendidas.

Tyler no dijo nada.

No hacía falta porque ambos estábamos pensando lo mismo.

—¿Creéis que soy el único que ha podido hacer esto? —dijo Antonio rompiendo el silencio.

—No he dicho que lo hayas hecho o no, Antonio —añadió Tyler—, solo estoy uniendo los hechos. Sin embargo, basándome en todo lo que has dicho hasta ahora, nadie puede entrar al sótano excepto tú, lo que significa que nadie ha podido dejar entrar a Richard salvo tú.

—Te juro que yo no he matado a Richard. Tiene que haber una explicación lógica.

Antonio no había hecho mención al segundo par de huellas. O bien no se había dado cuenta, o bien pensaba que nosotros no lo habíamos hecho.

—¿Hay algún mando con el que no tengas que usar la huella? —pregunté—. ¿Y si ha habido un problema con el suministro eléctrico? ¿La cerradura tiene memoria o se resetea?

Antonio sacudió la cabeza.

—Los ajustes se guardan. En SecureTech me dijeron que había una batería de emergencia para que no se borrase nada.

Tyler se giró hacia mí.

—Cen, ¿puedes averiguar algo más sobre el fabricante de las cerraduras?

Asentí. El forense y los técnicos de la escena del crimen de Shady Creek ayudaban en los crímenes de Westwick Corners, pero la investigación general estaba a cargo de Tyler, a menos que pidiera apoyo de manera formal. Solo haría eso como último recurso.

—¿Has tocado algo dentro de la bodega o el sótano? —preguntó Tyler.

Antonio asintió.

—El interruptor de la luz al principio de las escaleras del sótano, la barandilla, eh… muchas cosas. Ha ocurrido todo tan rápido.

Señalé su camiseta y las manos manchadas de sangre.

—La sangre…

—Me he caído sobre él. Ha debido de ser cuando he tropezado y me he levantado. Además, acababa de cortarme con el alambre de la entrada…

—Mmmm —Tyler se rascó la barbilla—, así que la sangre estaba fresca. No llevaba aquí mucho tiempo. Antonio, ¿tienes cámaras de vigilancia?

Tenemos una fuera del edificio, pero dejó de funcionar hará cosa de un año. Nunca la he arreglado.

—Conveniente para el asesino —dijo Tyler.

Me extrañaba mucho que Antonio no hubiera arreglado la cámara antes de instalar una cara y sofisticada cerradura. Pero quizás una cerradura era una disuasión mejor, ya que las cámaras solo mostraban los crímenes cuando ya habían ocurrido y no evitaban una entrada no autorizada. Aun así, el sistema de seguridad del sótano parecía una exageración. Los ladrones eran poco habituales en el pueblo. O quizás no tanto, teniendo en cuenta que la tía Pearl había cogido el vino de Antonio. También se las había ingeniado para atravesar la puerta cerrada de la entrada, pero eso era fácil para una bruja. No la convertía en asesina. Pero sí implicaba que tenía prácticamente el mismo acceso que Antonio. ¿Tenía una forma mágica de quebrantar la cerradura supuestamente inviolable de SecureTech? Si ese era el caso, se podría explicar que alguien que no fuera Antonio hubiera entrado.

Ese pensamiento me aliviaba y aterrorizaba a la vez.

CAPÍTULO 13

*E*ra temprano por la tarde cuando Tyler me dejó en la oficina para que pudiera buscar información sobre la cerradura SecureTech de Antonio. Tyler se dirigió al rancho Harcourt para contarle todo a la mujer de Richard, Valerie. No me daba ni una pizca de envidia.

Me pesaban las piernas mientras subía las escaleras de la oficina. Este fin de semana no había salido como había esperado. Un divertido día en el festival del vino y después la sorpresa prometida de Tyler se habían convertido en la investigación de un asesinato y en incómodas inconsistencias sobre nuestro vecino y amigo. ¿Cómo se había torcido todo tan rápido?

La policía de Shady Creek había llevado a Antonio al cuartel hacía una hora, donde se tomarían muestras de ADN y las huellas dactilares, y se examinarían la ropa, los zapatos, la piel y las uñas como pruebas forenses. Dependiendo de los resultados iniciales, soltarían a Antonio o le retendrían hasta que llegase Tyler.

Que la policía de Shady Creek tuviera el examen forense completo era una necesidad, pues Tyler era el único oficial de la ley y no podía estar en más de un sitio a la vez. Antonio y Tyler se conocían bien. Al ser amigos, tenía sentido que fuera un tercero el que recogiera las pruebas forenses. Aseguraba imparcialidad y eliminaba cualquier acusación de influencia. Aquellos elementos serían importantes, se culpara a Antonio o no del asesinato de Richard.

Encendí el ordenador y busqué información sobre SecureTech. Enseguida encontré su página web, con fotos de diferentes cerraduras. Algunas funcionaban con llave; otras, con combinación y otras, como la de Antonio, tenían componentes biométricos. Reconocí la cerradura biométrica de Antonio inmediatamente, pero no encontré muchos detalles en la descripción, aparte de la moderna tecnología que usaba. La web solo listaba información de contacto para ventas, pero recordé que Antonio tenía una cita con un técnico el lunes. Era esperar demasiado. Mientras tanto, tendría que ser creativa. Tenía que encontrar un técnico antes o rastrear un manual de instrucciones para confirmar su funcionamiento interno.

Eran las tres de la tarde para cuando Tyler volvió del rancho Harcourt.

Entró y se dejó caer sobre la silla que había al lado de mi escritorio. Parecía agotado. Le conté lo que había aprendido sobre la cerradura de Antonio y la cita del lunes.

—No podemos esperar tanto. Voy a ver si puedo conseguir información del contacto del técnico para que venga cuanto antes —dijo Tyler.

—¿Qué tal ha ido con Valerie?

—No la he encontrado —respondió—. He hablado con su empleada doméstica. Ha estado toda la mañana montando a caballo. No coge el móvil, así que no hay forma de dar con ella. Le dije a la empleada que le pida a Valerie que me llame en cuanto llegue a casa. Espero que sea pronto porque no sé cuánto tiempo puedo mantener esto bajo control.

—¿La empleada no sabe lo de Richard?

Tyler negó con la cabeza.

—Solo le he dicho que es urgente. —Miró la hora—. Deberíamos volver al festival. Espero que no se haya filtrado ninguna noticia sobre Richard. Pase lo que pase, quiero que todo el mundo se vaya de allí en cuanto expire la licencia de licores a las cinco.

Con todo lo que había pasado, casi se me había olvidado el festival. ¿Estaría todavía la tía Pearl vendiendo el vino de Antonio? Probablemente. Cogí el monedero y las llaves.

Tyler salió de la oficina detrás de mí y me esperó en el pasillo mientras cerraba la puerta. Fuera, hacía una fuerte brisa.

La lluvia había escampado y unos rayos de sol asomaban entre las nubes en movimiento.

—Valerie también podría ser sospechosa —dije—. Tiene motivo y no coartada. Escuché que quería el divorcio.

—Podría ser —Tyler hizo una pausa—. Pero esta sospechosa no tiene acceso al sótano.

—La gente tiene que estar preguntándose qué le ha pasado a Richard —dije mientras caminaba hacia el Jeep de Tyler—. Lleva horas desaparecido. Dudo mucho que se haya hecho el concurso de vinos sin él.

—Eso es lo que me preocupa —contestó Tyler—. Seguramente todo el pueblo ya esté borracho. Tenemos que terminar el concurso y el festival. No quiero que nadie se entere ahí. Ya daré la noticia a la noche. Si no, con una muchedumbre borracha, es probable que haya problemas.

—Quitando lo de la cerradura —continué—, ¿no te parece que Valerie tiene mucho que ganar? Se habría llevado la mitad con el divorcio. Con Richard muerto, se lo lleva todo sin pelear por ello.

—Cierto, tiene un motivo. Además, basándonos en la gravedad de las puñaladas, el asesino tenía relación con la víctima. Más de una de esas puñaladas habrían acabado con él, así que está claro que el asesino buscaba venganza. Pero si ha sido Valerie, ¿por qué ahora? Ella ya había dicho que quería el divorcio. Normalmente, el asesino es la persona que no quiere divorciarse, no al revés. ¿Y por qué hacerlo en el sótano de Antonio?

—Quizá, después de tantos años, algo le hizo cambiar. —Nunca había visto a Valerie perder los nervios. No la veía capaz de ejercer tanta violencia—. Aunque mide la mitad. No puede haberle superado físicamente de esa forma. Si Valerie está involucrada, la han ayudado.

Tyler se mostró de acuerdo.

—Podría haber contratado a alguien. Pero no tiene llave ni código de acceso del sótano. Aun así, como esposa de Richard, es una de las principales sospechosas hasta que se demuestre lo contrario. La interrogaré en cuanto llegue a casa. Siempre que vuelva a casa, claro está. Mientras tanto, vamos al festival del vino a ver si podemos apañarlo todo rápidamente.

CAPÍTULO 14

 iré el reloj cuando llegamos al colegio. El festival terminaría en una hora. Eso, si el jurado había seguido adelante con la agenda a pesar de la ausencia de Richard. Desiree se habría mostrado en contra, por supuesto, pero todos se le habrían echado encima.

La competitividad sanguinaria de Desiree no tenía ningún sentido porque, a diferencia de otras competiciones, nuestro concurso de vino no recompensaba económicamente, solo con un trofeo y el derecho a que el ganador añadiera «Ganador del Festival del Vino de Westwick Corners» a las etiquetas del vino durante un año. No era algo por lo que apostar fuerte, a menos que fueras un bodeguero incapaz de ganar en concursos más competitivos. Hasta un mal vino podía ganar, teóricamente.

—Tyler, si la ausencia de Richard cambia el concurso, ¿crees que alguno de los concursantes podría tener algo que ver?

Tyler se quedó mirando la carretera mientras nos acercábamos al colegio.

—¿Te refieres a otro concursante aparte de Antonio? Es posible, supongo, aunque los motivos de Antonio no tienen tanto que ver con el jurado como con su situación económica.

Mamá, Antonio y Desiree eran los únicos participantes, y el Festival del Vino de Westwick Corners era el más pequeño de la docena de competiciones en el estado de Washington. Los concursantes regionales solo se preocupaban del festival de nuestro pequeño pueblo si no había otras competiciones ese mismo día. No les importaba si Richard estaba vivo o muerto.

—Desiree gana siempre el Vino del Año gracias a Richard —dije—. No tiene motivos para matarlo. De hecho, tiene todos los motivos del mundo para no matarlo. Ha tenido una aventura con él durante cinco años, y él estaba a punto de divorciarse. Iba a conseguir todo lo que ella quisiera.

—Bien, pues entonces, además de Antonio, la única concursante desesperada por ganar es Ruby.

—¡Mamá nunca haría eso! Odia la competición y ni siquiera quería que su vino participase. Fue la tía Pearl la que la apuntó sin decirle nada.

—Sí, lo sé, Cen —dijo Tyler riéndose entre dientes—. Y Ruby y Desiree estaban en el festival todo el rato con muchos testigos. Aunque, por supuesto, voy a comprobarlo. Pero recuerdo verlas allí en el momento en el que me llamó Antonio, y también vi a Pearl atendiendo fuera, en la carretera. Parece que todo el mundo tiene una coartada menos Antonio.

Como por arte de magia, aparecieron unos carteles de neón a un lado de la carretera. Cada uno era de un color diferente y parecía flotar en el aire, como si de un holograma se tratase.

—¿Pero qué...? — Tyler dio un volantazo para esquivar un neón verde que de repente saltó del borde de la carretera para bloquear el parabrisas.

Te estás acercando a los vinos

—¡Cuidado! —Me agarré a la manecilla de la puerta mientras Tyler pisaba el freno. El coche derrapó antes de enderezarse—. Qué cerca ha estado.

—Espera —Tyler frenó bruscamente y redujo la velocidad al tiempo que el segundo cartel, esta vez rosa, se cernía sobre el capó del Jeep.

El mejor de los vinos locales

Los carteles de neón parecían flotar sobre nosotros sin ningún tipo de sujeción aparente, un uso evidente de poderes de bruja.

La tía Pearl sabía que los veríamos. Estaba dispuesta a arriesgarse con tal de salvar el festival. Pensándolo mejor, esto tenía que ver más con ella misma. Dudaba de si le importaba el festival lo más mínimo.

El cartel rosa se desvió hacia el arcén opuesto mientras un cartel de neón amarillo lo sustituía:

No añores tus vinos

Por suerte, no había más tráfico, porque Tyler tuvo que ir dando volantazos con el Jeep para esquivar las señales que parecían salir de ninguna parte. Rojo, dorado, blanco, azul…

Ya se acerca

¿Preparado para brindar?

El vino ganador

¿Quién cree que será?

Eche un trago

¿No vino para eso?

Se lo ha ganado

Vaya por este lado

Había tantos carteles que tuvimos que ir frenando para leerlos todos.

—Jesús —dijo Tyler—, Pearl sí que sabe cómo promocionarse.

—La tía Pearl suele alejar el tráfico de Westwick Corners, no atraerlo. Está tramando algo.

Había algo más que vender vino; la tía Pearl siempre escondía algo. No podía averiguar qué era esta vez.

Cuando nos acercamos al aparcamiento del colegio, apareció un cartel aún más grande:

Bar recaudador de fondos de Antonio Lombard

Luchemos contra el banco

No habíamos visto los carteles cuando nos fuimos del festival porque estaban apuntados en una sola dirección. Una recaudación de fondos por Antonio era algo que llevaría a malentendidos cuando se le cargase el asesinato de Richard.

A medida que Tyler reducía la velocidad para entrar al aparcamiento, pasamos por delante del bar de carretera de la tía Pearl. Solo que esta vez, estaba desierto. La caravana estaba cerrada y las mesas y sillas vacías. En lugar de clientes de vino y cajas, solo quedaban copas y cartones vacíos.

La fiesta callejera había llegado a su fin.

CAPÍTULO 15

*T*yler acababa de aparcar el Jeep cuando la policía de Shady Creek llamó para reunirse con él en la escena del crimen.

Mientras esperaba, vi que el Corvette de Richard estaba en el mismo sitio. La capota seguía bajada y en los asientos de cuero se habían acumulado riachuelos de agua. El vino Bodegas Valles Frondosos de Desiree ya no estaba en el asiento de atrás.

Decidí no seguir esperando mientras Tyler hablaba sobre las pruebas forenses. Podía reunirse conmigo dentro cuando terminase la llamada.

Salí del asiento del copiloto y me dirigí al gimnasio. Las fuertes voces que salían de las puertas abiertas sonaban más como una fiesta de sábado por la noche que una tarde de festival comunitario.

Parecía evidente a dónde habían ido los clientes de la tía Pearl. Todo el pueblo estaba allí, pero los trabajadores de la industria del vino parecían haberse ido.

El ambiente festivo sacudió mi estado de ánimo sombrío. Evidentemente, nadie sabía lo de Richard aún. Tampoco parecían haberse dado cuenta de su ausencia.

En el momento en el que me preguntaba si el concurso habría

terminado, o si habría empezado siquiera, la retroalimentación del micrófono chirrió por los altavoces.

Hice un gesto de dolor ante el molesto sonido y miré al escenario.

La tía Pearl estaba enfrente de un micrófono casi tan alto como ella. No había perdido el tiempo para hacerse con el cargo. Eso era bueno, en parte. Conociéndola, el concurso acabaría pronto porque nadie se atrevería a llevarle la contraria. Tyler no tendría que poner ninguna excusa sobre la ausencia de Richard ante los otros dos jurados y el evento terminaría a tiempo.

—Escuchadme todos —gritó la tía Pearl al micrófono.

Me tapé los oídos para amortiguar el pitido del micrófono mientras intentaba establecer contacto visual con ella.

Se situó en el centro del escenario con su chándal de lentejuelas rojo e inclinó el micrófono hacia sí misma en una pose a lo Mick Jagger. No se había molestado en bajarlo a su altura, probablemente con la esperanza de que todo acabara rápido.

—¡El concurso empieza en cinco minutos!

Detrás de ella había una mesa enorme cubierta con un mantel de lino blanco. Dos de las tres sillas estaban ocupadas por dos jueces, un hombre y una mujer. La silla del centro, la de Richard, estaba llamativamente vacía.

Aunque incrementar el número de jueces a tres este año podía parecer más democrático, una era Carol, la empleada de Richard del banco; el otro, Reggie, su colega de golf. Habrían seguido lo que les dijera. ¿Qué harían ahora en su ausencia?

Ninguno de los miembros del escenario parecía cuestionar la autoridad de la tía Pearl o la ausencia de Richard. Quizás estaban ansiosos por empezar. O a lo mejor estaban demasiado borrachos como para preocuparse.

A un lado del escenario había una mesa idéntica con docenas de copas. Lacey Ratcliffe, una amiga de Trina de veintitantos, esperaba detrás de la mesa. Su trabajo era el de proporcionar a cada juez una copa fresca de cada muestra de vino y después recoger dichas copas.

La tía Pearl volvió a hablar por el micrófono.

—Mirad todo aquí arriba. Richard no aparece, así que hemos

hecho un cambio en el jurado. Por favor, demos la bienvenida al juez Earl. —Hizo una floritura con la mano.

El novio de la tía Pearl era un tipo que se adaptaba a todo, pero ahora parecía que preferiría estar en cualquier otro sitio. Miraba a un lado y a otro, como debatiendo si salir corriendo o no.

—¡Earl! Mueve tu culo hasta aquí —dijo la tía Pearl en un susurro que todos escucharon por el micrófono.

Earl abrió los ojos de par en par y arrastró lentamente los pies al escenario. Dejó escapar un profundo suspiro y se sentó en la silla vacía de Richard, entre Carol y Reggie. Se quedó mirando hacia delante, resignado a su destino.

Los otros jurados miraron confusos, pero no objetaron nada.

Desiree subió al escenario a toda prisa y miró fijamente a la tía Pearl.

—¡No puedes hacer esto!

—Pues claro que puedo. ¿Qué problema tienes? ¿Te da miedo no poder ganar sin tu novio de juez? Bueno, quizás no puedas. A lo mejor acaba habiendo otro ganador este año. —La burla de la tía Pearl la hizo sonar como una abusona de colegio.

Desiree frunció el ceño y sacó el teléfono, posiblemente, para llamar a Richard. Un segundo después, volvió a meterlo al bolsillo.

—¿Dónde está este hombre?

En este punto, a nadie aparte de Desiree le importaba el Vino del Año. La gente solo quería más borrachera.

La tía Pearl dio unas palmadas.

—Vale, atención todo el mundo, vamos a empezar con la categoría de Vino Más Mejorado. Preparad las copas y empecemos.

—Eh, espera un segundo, Pearl —dijo Earl—. Me lo estoy pensando mejor. Ni siquiera bebo alcohol. ¿Cómo voy a saber qué vino es bueno y cuál no lo es?

La tía Pearl le silenció con un gesto de la mano.

—No es para tanto, Earl. Simplemente, haz caso a los otros jueces. Lo harás bien.

Earl juzgaría los vinos sobrio, al menos, al principio. Como abstemio que era, no aguantaría así mucho rato después de catar todos los vinos.

Carol y Reggie ya habían catado casi demasiado, a juzgar por sus sonrojadas caras y su dificultosa forma de hablar. Sus voces de borrachos sonaban tan fuerte que todo el mundo les podía escuchar sin ayuda del micrófono. Se lo estaban pasando bomba. No cabía duda de que se presentarían voluntarios para el concurso del año que viene.

—Esta cata se hace a ciegas —dijo la tía Pearl a la vez que sacaba una bolsa de papel marrón. Por la forma de agarrarla, quedaba claro que la bolsa contenía una botella de vino. En el exterior, con un rotulador negro, había escrito «#1» con letra enorme.

Vertió una generosa cantidad de vino en las copas vacías enfrente de cada jurado.

—La cosa funciona así —dijo—: daréis una puntuación del uno al cien a cada vino, pero nunca nadie consigue tanto. Del mismo modo, nunca nadie consigue menos de cincuenta. Así que... puntuad con números entre cincuenta y noventa y cinco, ¿entendido?

—¿Y por qué no puntuamos del cero al cincuenta? —preguntó Earl.

—Earl, ¿es que no sabes nada sobre los buenos vinos? —dijo la tía Pearl sacudiendo la cabeza—. No se hace así.

Earl abrió la boca para contestar, pero el dedo agitándose de la tía Pearl hizo que callara.

—Seguimos las normas de *Espectador de vino*. Nadie sabe por qué puntúan así, pero yo no pongo las normas, Earl. Solo coge un número del cincuenta al noventa y cinco, y acabemos pronto con esto para irnos ya. Haremos la media con la puntuación de los tres jueces y ese será el resultado final.

La tía Pearl se acercó al micrófono.

—Esta es la muestra número uno. Bebed todos.

Los dos jurados borrachos obedecieron alegremente mientras Earl daba un traguito con cautela. Hizo una mueca, visiblemente asqueado por el vino. Sonreí para mis adentros. Había llegado hasta ese punto para que la tía Pearl estuviera contenta.

Aunque la puntuación oficial de cada vino la determinaban los tres jueces, los asistentes del festival también probaban y puntuaban los vinos. La gente conseguía premios si escogían la misma puntuación que los miembros del jurado, como los ganadores de cada categoría y el ganador general.

El mantel de la mesa de los jueces se volvía más y más rosa a medida que las catas avanzaban. Pronto, se había derramado más vino del que habían bebido. Earl siguió bebiendo vino e incluso pareció relajarse un poco.

La tía Pearl llenaba las copas y ahora estaba llenando una cuarta. Puso la copa delante de ella.

—Eh, ¡tú no eres jurada! —dijo Desiree señalando a la tía Pearl—. No puedes juzgar el vino de Ruby. Es tu hermana.

La tía Pearl puso los ojos en blanco.

—No voy a juzgar nada, está claro. Yo soy la que controla esto, y solo estoy catando el vino para asegurarme de que la cata a ciegas se hace con el que toca en cada momento. Por si alguien hiciera trampas. —Se quedó mirando con ojos agudos a Desiree, que iba de un lado a otro del escenario—. Se dice que hay quien ha estado cambiando botellas, y no pienso tolerar ningún sabotaje en las catas.

Desiree se llevó las manos a las caderas.

—¿Qué estás insinuando exactamente, Pearl? ¿Qué no gano de forma justa?

—Lo has dicho tú, no yo —dijo la tía Pearl con un bufido.

—Ni siquiera estás en el comité de jueces. No puedes tomar el mando y hacer las cosas como tú quieras.

La tía Pearl entrecerró los ojos y analizó a Desiree.

—La gente que se cuela en algún asunto, suele colarse en los demás.

—Tú no estás al mando, Pearl —gritó Desiree—, sino Richard.

—Está ausente, Desiree. Alguien tiene que hacer que esto siga en marcha.

—Pero Richard...

—Richard no está aquí —la tía Pearl dio unos toquecitos en su reloj—. La licencia de licores expira en una hora. ¿Quieres que el concurso siga adelante o no?

Desiree la miró con sospecha.

—¿Dónde está? No he dejado de llamarle, pero no me coge el teléfono.

Yo había estado en todo momento al lado de Desiree cuando le gritaba a la tía Pearl, pero nadie se había percatado de mi presencia. Estaba bien, pues tenía que guardar un secreto demasiado grande. Se me aceleró el corazón. Me dio miedo revelar por accidente la muerte de Richard.

No tenía que preocuparme mucho más porque Desiree estaba llamando por teléfono, seguramente a Richard, mientras volvía de nuevo a su caseta de Bodegas Valles Frondosos.

Unos minutos después, volví a mirar al otro lado del gimnasio y vi a Desiree ocupada hablando con varios clientes. Era otra persona cuya vida había cambiado para siempre, aunque todavía no lo sabía. Me preguntaba cómo iba a gestionar Tyler el darle la noticia a Desiree. No era la mujer de Richard, como Valerie, así que no se la consideraba familia y no sería la primera en enterarse de su muerte.

Estaba totalmente en contra de las relaciones extramaritales, pero aun así, me sentía mal por que Desiree se enterara de lo de Richard a la vez que el resto de la gente. Incluso si ella era «la otra» y no su mujer oficial, estaban unidos. Tyler tendría que interrumpir su trabajo un rato.

Escuché un murmullo entre la multitud de la entrada del gimnasio. Valerie Harcourt se abrió camino mirando como si quisiera matar a alguien.

La mujer de Richard llevaba una camisa de lino ancha, y los vaqueros ajustados se colaban por dentro de sus botas de vaquera. Su atuendo casual no casaba con su expresión rabiosa.

Hasta donde yo sabía, Valerie nunca había ido al festival del vino, ni siquiera aunque Richard hubiese sido jurado de la competición durante casi diez años. Sospeché que Valerie estaba aquí para enfrentarse a Desiree y a Richard en público por su aventura.

Saqué el móvil para llamar a Tyler y me sentí aliviada cuando escuché su voz en lugar del buzón.

—Valerie acaba de entrar como si quisiera matar a alguien. Deberías venir rápido. Las cosas se van a poner muy feas entre ella y Desiree.

—Voy para allá —dijo.

No llegaría a tiempo.

Valerie cruzó el gimnasio tan deprisa que casi tuvo que echar a correr. Lo examinó de arriba abajo y giró bruscamente para dirigirse a la caseta de Bodegas Valles Frondosos de Desiree.

De repente, el gimnasio entero enmudeció. Las voces fuertes pasaron a ser un murmullo y todo el mundo dejó de hablar. Lo único que rompía el silencio era el taconeo de las botas de Valerie acercándose a Desiree.

—¿Dónde está? —Valerie se quedó de pie, desafiando a Desiree, con las manos en las caderas.

—¿Dónde está quién? —respondió Desiree con un tono demasiado dulce.

—Déjate de mierdas, Desiree. Sabes de quién estoy hablando. Richard, mi marido —respondió enfatizando las dos últimas palabras.

Miré desesperada a la puerta, preguntándome por qué Tyler estaba tardando tanto en entrar desde el aparcamiento.

Mi mente iba a toda velocidad, tratando de dar con una excusa para interrumpirlas.

Desiree llevó las manos al cielo.

—No tengo ni idea de dónde está ese hombre. Estará por ahí. No vigilo cada uno de sus movimientos como haces tú. Habrás visto su coche en el aparcamiento.

—Pero no está aquí —dijo Valerie dando un puntapié al suelo. Tenía la cara roja de ira—. ¿Está en tu casa?

—Pues claro que no. Nosotros, o sea, él acaba de ir... —Desiree se detuvo a mitad de frase, percatándose de la larga ausencia de Richard.

—Ay, por dios, Desiree, dime dónde está.

—Algo va mal —respondió con ojos abiertos como platos.

Algo iba peor que mal. Sabía exactamente dónde estaba Richard, pero no podía decir nada. Miré con incomodidad la puerta del gimnasio. ¿Dónde estaba Tyler?

Finalmente, la puerta se abrió y Tyler entró por ella. Se abrió paso entre los pequeños grupos de catadores y compradores. Se aproximó a nosotras rápidamente. No mostraba ninguna expresión; era un comportamiento profesional diseñado para no revelar nada.

Miré a Valerie y Desiree, que ya habían dejado de discutir. Todos miramos en silencio a Tyler, que se aproximaba ignorando los saludos de borrachos de la gente.

CAPÍTULO 16

—¿Qué está pasando? —preguntó Valerie en cuanto Tyler se acercó. Su expresión había cambiado a un blanco pálido y le costaba mantenerse en pie.

La rodeé con el brazo y la acompañé a una silla a pocos metros de allí. Justo a tiempo, al parecer. Sentí que sus piernas perdían toda la fuerza y se dejaba caer sobre la silla. Me pareció extraño. ¿Su reacción era una premonición o algo más?

Tyler se inclinó junto a ella y le habló en voz baja.

Desiree se acercó a los dos.

—¿Qué está pasando? ¿Qué le está diciendo?

Me puse delante de Desiree y le bloqueé el paso con el brazo.

—No, Desiree. Deja que hablen.

—Si esto tiene que ver con Richard —murmuró mirándome con asco—, tengo derecho a saberlo. De hecho, probablemente tenga más derecho.

Al final, mi intervención no sirvió de nada.

—¡Se ha ido! —aulló Valerie. Todo su cuerpo temblaba. Bajó la cabeza y la hundió entre las manos—- ¿Qué voy a hacer?

—Pensaba que estaba firmando el divorcio —susurró la tía Pearl—. Menuda reina del drama.

Me llevé el dedo índice a los labios.

—Tía Pearl, calla.

En ese momento, Desiree pasó a toda prisa y casi me tiró al suelo.

—¿Ido a dónde? Tiene que volver aquí y puntuar los vinos.

—¡Cierra la bocaza, destrozahogares! —Valerie saltó de la silla. Parecía haberse recuperado del susto inicial—. A nadie le importa tu estúpido vino. Todos sabemos que haces trampas.

Tyler se situó entre las dos mujeres y extendió un brazo en cada dirección para separarlas.

Valerie volvió a su silla.

—No voy a cerrar nada —dijo Desiree cruzándose de brazos y taconeando impaciente—. Y no me insultes, Val. Por favor, que alguien me diga qué está pasando.

—¿Por qué no te sientas? —le dije poniendo una mano sobre su brazo—. Creo que Tyler quiere contarte algo.

Desiree miró mi mano con desprecio, pero se sentó.

—Richard está muerto, eso es lo que pasa —continuó la tía Pearl.

—¿Cómo lo…? —Me detuve a mitad de la frase. Era imposible que la tía Pearl lo supiera. Yo no se lo había contado y Tyler tampoco. La otra gente que lo sabía, aparte de los bomberos voluntarios, eran Trina y Antonio. A Antonio lo estaba interrogando en Shady Creek y Trina estaba con él.

Nadie más lo sabía.

Aparte del asesino, claro. Un escalofrío me recorrió la espalda.

—No te inventes bobadas, Pearl —dijo Desiree con el ceño fruncido—. ¡Eso es imposible! Richard estaba aquí mismo esta mañana. Solo ha salido un momento, ya debe de estar al caer.

—Qué positiva —respondió la tía Pearl—, pero no va a pasar.

Tyler se acercó al asiento de Desiree y se arrodilló junto a ella.

—Desiree, ¿cuándo viste a Richard por última vez? —preguntó.

—No lo sé… Hace unas horas. ¿Le has visto? He estado tan ocupada montando esto que no lo recuerdo. ¿Tienes que hablar con él? A lo mejor le ha surgido algún recado.

—¿Qué tipo de recado? —prosiguió Tyler rascándose la barbilla.

—¿Cómo voy a saberlo? No soy su cuidadora. —Desiree miró a

Valerie con perspicacia—. ¿A qué viene este teatrillo, Val? Le dijiste a Richard que querías dejarlo.

—No, ¡eso es mentira! —Valerie escupía las palabras como si fueran veneno a la vez que se ponía en pie.

Busqué a mamá por el gimnasio. Se llevaba bien con todo el mundo y era muy posible que evitara aquella situación entre las dos mujeres. Cuando miré su caseta, no la vi a la primera. Después, su risa rompió el silencio. Curiosamente, no se había enterado del silencio que guardaban todos.

Debió de sentir mi mirada porque sus ojos se cruzaron con los míos y, sin darle ninguna explicación, cruzó el gimnasio para reunirse con nosotros.

—Cen, ¿qué pasa? —dijo con aire preocupado.

La aparté y le expliqué lo que ocurría en el momento en que Desiree soltaba un grito. Al oír las noticias de Tyler, todo se había hecho oficial.

—¡Lo has matado tú! —Desiree embistió a Valerie—. Tú me lo has robado cuando estábamos a punto de comprometernos.

—No puedes comprometerte con un hombre que ya está casado —dijo la tía Pearl poniendo su huesuda mano delante de Desiree para taparle el paso.

Desiree retrocedió, confusa ante la sorprendente fuerza de la tía Pearl. No cabía duda de que la tía Pearl había añadido algo de magia a su potencia muscular.

—Por supuesto que puedo. Cualquiera puede comprometerse con quien quiera. Es una simple promesa para el futuro, no hay ninguna ley en contra. —Desiree se volvió a Tyler—. ¿No es así, sheriff?

—Centrémonos en Richard. Tengo que hablar con las dos, empezando por ti, Valerie. —Tyler se acercó a ella—. Si estás bien para conducir, ¿puedes reunirte conmigo en diez minutos en la comisaría?

Valerie se secó las lágrimas de las mejillas y se levantó de la silla.

—Claro, ya voy.

Se dio la vuelta y caminó lentamente por el gimnasio. Sus pasos, antes desafiantes, ahora parecían cansados y desconsolados.

Una vez que estuvo fuera del alcance de su oído, Desiree se dirigió a Tyler.

—Sabes que ha sido ella, ¿verdad? Su matrimonio se había acabado hacía años. Ese teatrillo es una farsa. Contrató a un sicario para que acabase con Richard porque hacía poco que había aumentado su seguro de vida. Iba a llevarse una gran póliza de seguros a su costa. Creí que Richard estaba exagerando cuando me decía que alguien le estaba siguiendo.

—¿Cuándo te contó todo esto? —preguntó Tyler.

—Hace un par de semanas, cuando le pidió el divorcio.

—Pensaba que era Valerie la que quería el divorcio —señalé.

—Oh, no. Le di un ultimátum a Richard para que eligiera o ella o yo. Finalmente, le dijo a Val que se acababa. Ella sabía que si se divorciaban, tendría que repartir todo a la mitad. De esta forma, ella se queda con el pago de setecientos mil dólares y se queda con el rancho. Sé que ha pagado a alguien para hacerlo.

Tyler subió las cejas.

—¿Tienes pruebas?

—Se lo escuché a Les Crabtree —contestó Desiree—. Les vendió la póliza hace un par de semanas.

—Lo contrastaré con Les. —Tyler miró su reloj—. ¿Puedes venir a comisaría a las cinco y media? Así me lo contarás bien.

—Estoy impaciente —sonrió Desiree.

CAPÍTULO 17

—*C*en, voy a necesitar tu ayuda —suspiró Tyler.
Nos sentamos en su diminuta oficina del fondo de la comisaría a donde habíamos ido inmediatamente después de darles la noticia del asesinato a Desiree y Valerie. La propia comisaría estaba en la planta baja del ayuntamiento. Un largo y estrecho vestíbulo separaba la oficina exterior de la de Tyler, de una sala de interrogatorios y una pequeña celda.

—Pensaba que no me lo ibas a pedir nunca.

Valerie llegaría en cualquier momento. Cuando lo hiciera, toda la atención de Tyler se centraría en interrogarla.

Tyler sonrió.

—Voy a tener que delegar en ti temporalmente, pero debes rechazar cualquier derecho de publicar nada de lo que veas o escuches.

—¿Silenciar a la prensa? —dije irónicamente con los brazos extendidos.

—Como te he dicho, es solo temporal. Yo llevaré los interrogatorios de Valerie y Desiree. No las conozco personalmente, pero a Antonio sí. No quiero ninguna acusación de favoritismo. Por eso le he pedido a la policía de Shady Creek que hiciera el interrogatorio preliminar. Ya han procesado a Antonio en la investigación forense, así que es lógico que hagan su interrogatorio. Quiero su versión de lo ocurrido antes de que hable con nadie. Eso también me da tiempo para interrogar a Valerie y a Desiree. Como soy el único miembro de la policía de Westwick Corners, no puedo llegar a todo. Tampoco quiero ceder la investigación entera a Shady Creek.

Asentí. De vez en cuando, Tyler y Antonio iban a pescar juntos y se veían a menudo.

—¿Qué quieres que haga?

—Tengo que centrarme en la escena del crimen. Pronto me enviarán las pruebas del laboratorio forense, pero antes de eso quiero dar una vuelta por la bodega y hacerme una idea de lo que hay allí. Sin embargo, antes de eso tengo que interrogar a los dos intereses románticos de Richard. No sé mucho de ellas, ¿qué puedes contarme?

—Valerie nació y creció aquí —dije—. Era campeona de equitación cuando era adolescente y competía en salto, financiado con el dinero de sus padres ricos. Lo dejó hace diez años y ahora cría caballos de carreras, entre otras cosas. Ha tenido muchas oportunidades de negocio fallidas. Su spa y resort se fueron a bancarrota, y el rancho para retiros de empresa nunca llegó a despegar. Tiene muchos amigos, pero también muchos enemigos. A veces saca provecho de la generosidad de la gente. Nunca pierde los nervios, pero se la devuelve a la gente que se la ha jugado, como Desiree y, probablemente, como Richard.

—Ponme un ejemplo —dijo Tyler.

—Antes de caer en bancarrota, el spa de Valerie tenía un acuerdo con una tienda de ropa local. Valerie vendía la ropa en el spa por comisión. Tuvieron una discusión cuando la dueña de la tienda se quejó en el pueblo de que Valerie no pagaba las facturas. Valerie tomó represalias y acusó a la dueña de evasión de impuestos y de no declarar las ventas. Se absolvió a la dueña de cualquier delito, pero tuvo que gastar una pequeña fortuna en honorarios legales para limpiar su nombre.

—¿Felizmente casada? —continuó Tyler.

—Deberías preguntarle eso a Valerie, pero supongo que no. ¿Serías feliz si tu marido estuviera teniendo una aventura abiertamente durante los últimos cinco años?

—¿Cuánto tiempo ha estado casada con Richard?

—Pues... creo que unos quince años. Empezaron a salir poco después de que el banco le enviara aquí, y se casaron un año después, más o menos. No tienen hijos, solo muchos perros y caballos.

—De acuerdo. Valerie debería llegar en un minuto. Quiero que observes sus reacciones y tomes muchas notas.

—Eso sí que se me da bien.

Como periodista, estaba acostumbrada a observar la reacción de la gente, su lenguaje corporal y movimientos faciales. Decían mucho de una persona, sobre todo en situaciones estresantes, cuando bajaban la guardia.

* * *

Diez minutos después, estaba en la sala adyacente a la de interrogatorios, detrás de un cristal. Valerie Harcourt estaba sentada a la derecha de una pequeña mesa rectangular y Tyler se sentó a la izquierda. Valerie se movía de un lado a otro de la silla, claramente incómoda. Evitaba el contacto visual directo con Tyler mientras jugueteaba con la correa de su bolso. Miraba al infinito con la mirada perdida, apenas consciente de su presencia. Estaba conmocionada, medicada, o las dos cosas.

—Háblame de Richard —le dijo Tyler—. ¿Tenía en mente ir a Vinos Lombard hoy?

—No. —Valerie negó con la cabeza—. Pero Richard me contó lo que ocurrió cuando fue a casa de Antonio el viernes. Dijo que Antonio se había enfadado mucho al enterarse de que el banco le iba a embargar la bodega. Que Antonio llevaba tiempo sin ser el de siempre y que actuaba de forma impredecible. Richard temía por su seguridad y pensaba que Antonio tomaría represalias contra él de alguna manera. Antonio llegó a amenazar con matar a Richard si embargaba Vinos Lombard. Richard nunca creyó que fuera a hacerlo de verdad, pero le seguía preocupando. Me dijo que cerrara bien las puertas de casa, que me asegurara de que la puerta de la entrada estaba cerrada y, en general, que tuviera cuidado con las cosas.

—¿Cuándo te dijo todo esto?

—El viernes por la noche, después de trabajar, justo cuando nos sentamos a cenar. Acababa de volver de Vinos Lombard.

Tyler se rascó la barbilla, como si meditara sus próximas palabras.

—Valerie, esto podría ser un rumor, pero tengo que preguntarte. ¿Richard y tú teníais problemas en vuestro matrimonio?

Valerie dejó escapar una pequeña risa que sonó vacía.

—Supongo que todo el pueblo menos yo sabía que Richard y Desiree tenían una aventura. Soy estúpida por no darme cuenta, porque las pruebas estaban ahí. Sus supuestas salidas por trabajo, las llamadas nocturnas…

—Valerie, cualquiera se sorprendería.

Se sorbió los mocos y cogió un pañuelo de una caja sobre la mesa.

—Siempre pensé que estaríamos felizmente casados. Dios, ¡estaba ciega! Me enteré el mes pasado, lo creas o no. Y pensar que ha durado diez años.

—Por lo demás, ¿cómo era vuestro matrimonio?

—¿Acaso importa? —dijo Valerie encogiéndose de hombros—. Todo lo que yo pensaba que era real era mentira. ¿Cómo te sentirías si tu esposa tuviera una aventura de años y no supieras nada? Estaba furiosa y le dije a Richard que iba a divorciarme inmediatamente.

—¿Cómo reaccionó él?

—Él… Me pidió perdón, dijo que no quería perderme. Dijo que acabaría con ello inmediatamente.

—¿Y lo hizo?

Valerie negó con la cabeza.

—Al principio, no. Me dio un puñado de excusas, que necesitaba más tiempo para romper con ella. Pero cuando hace unos días contraté al abogado para el divorcio, me suplicó que me quedara. Dijo que quería trabajar en nuestro matrimonio y me suplicó que no siguiera adelante. Así que… ahí acabó todo. Intentando seguir adelante, fuera como fuera. Paré el divorcio y fuimos a una sesión de terapia matrimonial hace unos días. Se supone que Richard tenía que romper con Desiree el viernes por la noche. —Cuando mencionó a Desiree, sus ojos se llenaron de ira.

Estudié a Valerie mientras Tyler tomaba nota. Se había puesto un atuendo más cómodo. Llevaba una holgada chaqueta de lana sobre la camisa de lino, ahora arrugada y sucia. En lugar de los vaqueros y las botas, llevaba un pantalón de chándal y deportivas.

Una esposa de luto no solía centrarse mucho en su apariencia. Elegía la comodidad por delante de la moda. Una esposa asesina, sí se centraba en ello. La ropa era su disfraz, y se vestía para interpretar un papel. ¿Cuál de las dos versiones era Valerie?

Tyler dejó el lápiz y miró fijamente a Valerie.

—¿Por qué has ido al festival a buscar a Richard? Mucha gente decía que estabas enfadada.

—¡Ya lo creo que estaba enfadada! —dijo levantando la voz con frustración—. Richard me prometió que rompería con Desiree y no volvería a hablar con ella. En su lugar, descubro que esa misma mañana ha ido a recogerla y la ha llevado al festival del vino. ¿Tú no te enfadarías?

Tyler no respondió, sino que siguió con las preguntas.

—¿Dónde estabas esta mañana, Valerie?

—¿Crees que yo he hecho esto? Estás loco, sheriff Gates.

—Por favor, responde.

—Estaba con el caballo por los caminos —lloriqueó.

—¿Te ha visto alguien? —Tyler se puso de pie y sacó la silla de detrás de la mesa. La movió a un lado de la misma, recortando la distancia entre ambos a la mitad y haciendo que la mesa ya no fuera una barrera entre ellos. Se sentó y acercó la silla aún más. Ahora solo les separaban unos centímetros.

Yo solo le veía la espalda. Me concentré más en Valerie.

No respondió a la pregunta. Sin embargo, se hundió en la silla, con aire asustado.

—¿Hay algún testigo que pueda confirmar tu paradero, Valerie? —repitió Tyler—. ¿Hablaste con alguien en el camino?

Valerie se mordió el labio y negó con la cabeza.

—¿Soy sospechosa?

—Solo intento llegar al fondo de las cosas. ¿Mataste a Richard?

—¿Por qué iba a matarlo? Acabo de decirte que habría firmado el divorcio si Richard no me hubiera suplicado que no lo hiciera. Estaba a punto de terminar con esto.

—Un divorcio puede salir caro. Terminas con tu marido infiel y tienes que darle la mitad de todo. Ahora que se ha ido, todo es para ti. Problema resuelto.

—No, sheriff. Nuestra hipoteca estaba pagada y teníamos mucho invertido. Nuestras finanzas estaban mejor que nunca. Había dinero suficiente para que cada uno se marchara por su lado. El trabajo de Richard está bien pagado y yo no quería nada.

—Excepto amor de un marido infiel —respondió Tyler—. Muchos crímenes pasionales empiezan con una traición. Podría llegar a entender que...

—Le mató Antonio y lo sabes —dijo Valerie—. ¿Por qué no estás hablando con él en vez de conmigo?

Tyler no respondió a la pregunta.

—Estamos hablando con cada persona que tenga algo que ver con Richard. A algunos los interrogamos para corroborar los hechos. A otros, los interrogamos para trazar la línea temporal. A los que tienen coartada, los descartamos.

Miró fijamente a Valerie.

—Bueno —dijo ella poniéndose en pie—, a menos que esté bajo arresto, no puedes retenerme aquí. ¿Soy libre para irme, sheriff, o tengo que llamar a un abogado?

Tyler asintió.

—Puedes irte, pero no vayas a ninguna parte sin decírmelo.

Valerie pasó por delante de él sin decir ni una palabra más y dio un portazo al salir.

CAPÍTULO 18

Salté cuando escuché una voz detrás de mí. Había estado sola en la salita adyacente, o eso creía.

—Menuda actuación. Un gran pago del seguro que apenas puede esperar para agarrar con esas manos avariciosas.

—¡Tía Pearl! ¿Ya ha terminado el festival?

Negó con la cabeza.

—He pedido un descanso de diez minutos para juzgar la siguiente categoría. ¿Dónde está el sheriff? Tengo información importantísima sobre el asesinato de Richard y tiene que saberlo.

—¿Tiene que ver contigo robando el vino de Antonio de la escena del crimen?

—¡Pues claro que no! No deberías lanzar esas acusaciones si esperas que coopere.

En ese preciso momento, Tyler abrió la puerta.

—¿Cooperar con qué?

—¿No quieres saberlo? —La tía Pearl era muy tramposa y nunca revelaba sus métodos. Si lo hacía, uno podía estar seguro de que estaba mintiendo. El engaño era parte de su arte.

—De hecho, sí quiero saberlo. ¿Qué sabes?

La tía Pearl sonrió.

—Ay, no te vas a creer la información que tengo.

Estaba cansada de tener que aguantar los juegos mentales de mi tía.

—La tía Pearl dice que tiene información importante sobre el caso.

—¡No me quites el protagonismo, Cendrine! —dijo mirándome fijamente.

—Perdón —dije poniendo los ojos en blanco para mostrarle que no lo sentía en absoluto.

—¿Ah, sí? —Tyler se cruzó de brazos y se apoyó contra la pared? Miró a Pearl poco convencido de su declaración—. Dime lo que sabes, Pearl.

—Fui la última en ver a Richard con vida. Además del asesino, claro está.

Tyler abrió la puerta y le hizo un gesto a Pearl para que le siguiera.

—Vamos a la sala de interrogatorios. Es grande y podemos sentarnos todos.

—Por mí, perfecto —dijo la tía Pearl—. Voy a necesitar el programa de protección de testigos cuando te lo cuente todo. ¿Puedo elegir mi nuevo nombre o me lo asignan?

—No estoy seguro, pero lo investigaré —dijo Tyler—. Ahora dime lo que sabes.

La tía Pearl frunció el ceño.

—No tan rápido. ¿Qué gano yo con esto, sheriff?

Tyler se encogió de hombros.

—Tener la conciencia tranquila por haber hecho lo correcto y buscar justicia. ¿Te parece suficiente?

—¿Y ya está? —contestó la tía Pearl con las cejas arrugadas.

—Me temo que sí, Pearl.

—Tendrá que ser así, supongo —suspiró—. Pero quiero aparecer en *Dateline*. Es mi serie policíaca favorita de la tele.

Tyler miró el reloj.

—Lo tendré en cuenta. Y ahora, dime qué sabes.

—Como sabes, estaba muy ocupada sirviendo a mis clientes en el Palacio de Pearl, mi bar ambulante. ¿Viste cuántos clientes, sheriff? Incluso tras haberme desplazado a un sitio pésimo, tenía el bar a reventar. Las sillas estaban todas ocupadas y la gente estaba sentada en la hierba para disfrutar de unos buenos vinos. Bueno, acababa de servir la última botella del exquisito meritage de Vinos Lombard cuando he visto a Richard salir del aparcamiento con ese deportivo suyo. Tenía mucha prisa, y no le importaba nadie más que él. Ha salido tan rápido que ha salpicado gravilla por todo el Palacio de Pearl. ¡Hasta ha arañado todo el lateral, sheriff!

—Lo siento, Pearl. ¿A dónde iba Richard? —preguntó Tyler.

—Iba hacia Vinos Lombard.

Levanté la mano para objetar.

—Pero el Corvette de Richard estaba en el aparcamiento.

—Yo sé lo que vi —dijo Pearl encogiéndose de hombros.

—¿Qué hora era?

—No estoy segura —dijo Pearl con un gesto—, pero entre las ocho y las nueve de la mañana. Aún no había empezado la cata de vinos y había docenas de amantes del vino que no podían esperar a que empezara el evento oficial. Yo estaba ocupadísima sirviendo bebida como para pararme a mirar el reloj, pero era pronto. Bueno, y después de eso, he visto a Antonio. Tenía el camión aparcado al lado del coche de Richard, y les he visto hablar antes de que Richard se fuera corriendo. He intentado llamar la atención de Antonio para decirle que ya había vendido suficiente vino para pagar la hipoteca que debía, pero me ha ignorado. Ha salido del aparcamiento detrás de Richard. ¡Qué desagradecido!

—Vale, así que Antonio no había olvidado el vino, como decía —hice un gesto de comillas con los dedos—. Pensaba que era raro olvidarse algo así. Tú has cogido el vino de Antonio y lo has vendido por él.

La tía Pearl subió los brazos.

—¿A quién le importa, siempre que la mercancía se venda?

—A mí me importa —dije—. Antonio no sabía nada y no te dio permiso para vender su vino. Cuando ha descubierto que las cajas estaban vacías, ha tenido que volver a la bodega para coger más y reemplazar el que te has llevado.

—Lo que tú digas. Debería estar más agradecido por todo lo que he hecho por él. Embotellé su vino, le conseguí una novia y he vendido un año de beneficios para él. Y en menos de un día. ¡Mierda, soy la mejor! ¿Pero Antonio? No me ha dado ni las gracias.

—¿Un año de beneficios? Ayer no embotellamos tanto. —Mientras pronunciaba esas palabras, me di cuenta de lo que había hecho—. ¿Has conjurado más vino? Sabes que va contra las normas de la AIAB usar la brujería en tu beneficio.

—Tranquila, Cen. El vino del concurso de Antonio era legal. El mágico es lo que yo he vendido en mi puesto ambulante. Lo he hecho así para que todos estuvieran contentos. Digamos que simplemente automaticé el proceso. No estoy rompiendo ninguna norma porque le voy a dar a él los beneficios.

Dudaba que el consejo de la AIAB estuviera de acuerdo con esa lógica, pero me callé.

—Volvamos a mi historia —continuó la tía Pearl—. Como iba diciendo, Antonio se fue justo después de Richard. Prácticamente, le iba siguiendo.

—¿Ambos iban en la misma dirección? —preguntó Tyler.

—Sí, ¿no me escuchas, sheriff? Antonio iba siguiendo a Richard a Vinos Lombard.

—Más pruebas que incriminan a Antonio —dije—. Pero si iban a quedar, ¿por qué no hacerlo directamente en el festival?

—Quizás querían mantener el secreto —dijo la tía Pearl—. Los dos parecían tener prisa. De todos modos, no entiendo cómo Antonio ha podido descubrir el cuerpo de Richard. Antonio estaba siguiéndole, le pisaba los talones. Richard estaba muy vivo, por lo que he podido ver, y Antonio ha sido el último en verle.

—Antonio ha llamado minutos después para denunciar el cuerpo de Richard en el sótano —asintió Tyler—. La línea temporal encaja. Tiempo suficiente para matar a alguien. Apenas suficiente.

—Después de eso, nadie ha visto a Richard —suspiró la tía Pearl—. ¿Habéis visto cómo soy la testigo estrella? ¿Y si el asesino viene a por mí?

Tyler meneó la cabeza.

—Yo te protegeré, Pearl. No hables de esto con nadie. No voy a hacer nada público hasta que termine el festival. Solo hablo contigo ahora para tener en cuenta tu historia como testigo. ¿Puedo contar contigo?

—Por supuesto, sheriff. ¿Pero cómo murió Richard? —preguntó la tía Pearl.

—No voy a decir la causa de la muerte, Pearl.

—¿Ni siquiera a mí? —Su labio inferior formó un puchero—. Seguro que a Cendrine sí que se lo has contado, ¿no?

Hizo un gesto con la boca para trazar una leve sonrisa.

—Lo siento, Pearl. No voy a darle información a nadie. Ni siquiera a ti.

De repente, me pesaba el pecho al descubrir que las pruebas contra Antonio ascendían. Era difícil pensar otra cosa. Tenía los medios, el motivo y la oportunidad. Había descubierto el cuerpo, y eso le situaba en la escena del crimen. Y el cortísimo periodo de tiempo hacía imposible que otra persona pudiera haber cometido el crimen. Solo Antonio tenía acceso al sótano.

Richard estaba a punto de robarle la bodega a Antonio y arruinarle la vida. No quería pensar que Antonio fuera un asesino, pero la desesperación podía llevar a las mejores personas a cometer actos deleznables.

Siempre había pensado que conocía bien a Antonio. Sin embargo, se estaba volviendo más y más difícil mantener a raya las semillas de la duda que había plantadas en mi mente.

CAPÍTULO 19

—*P*earl, necesito tu ayuda. ¿Puedo contar contigo? —preguntó Tyler.

La tía Pearl le miró de forma sospechosa.

—¿Contar conmigo para qué? ¿Es algún tipo de truco?

—No —dijo Tyler negando con la cabeza—, no es ningún truco. Tienes mucho talento y solo tú puedes ayudarme con esta importante tarea.

—¿Es por eso? —La tía Pearl parecía pensativa—. ¿Qué consigo si digo que sí?

—Ver que la justicia funciona —respondió Tyler.

—Como mínimo, quiero que mi frase de *Dateline* dure más que la tuya, sheriff. Debería ser la coprotagonista de Antonio, si no la protagonista. Soy la que ha hecho que el caso avance —dijo Pearl con los huesudos brazos extendidos, casi propinándome un golpe.

—Tía Pearl, Antonio es inocente hasta que se demuestre lo contrario. No se le ha culpado del crimen, al menos, aún no. Tyler es el investigador jefe y no puedes salir más que él. —Me detuve a mitad de la frase al darme cuenta de que sonaba tan ridícula como ella—. Viéndolo de otra forma, podrías hacer los comentarios de fondo. Seguro que a los productores les encajas en la historia.

Tyler asintió.

—Si estás involucrada y ayudas a resolver el crimen, claramente querrán entrevistarte. La palabra mágica es «ayuda», Pearl. No se trata de fama o dinero, estarías ayudando a atrapar a un asesino. Hazlo, y te nombraré representante honorífica.

—Lo pensaré. ¿Qué quieres que haga?

CAPÍTULO 20

$\mathcal{T}$yler no me dijo lo que le había pedido a la tía Pearl, y
yo tampoco pregunté. Prefería no saberlo, aunque
sospechaba que la petición era una artimaña para evitar que inter-
firiera en la investigación. Aquello, pensándolo bien, era de gran
ayuda.

Saqué el portátil del bolso y continué mi investigación sobre SecureTech. La página web de la compañía no daba mucha información,
probablemente, para obstaculizar a los criminales. Había mucha información sobre tecnología de la seguridad en foros, eso sí. Al parecer,
las cerraduras eran muy populares. Por lo que pude ver, Antonio tenía
razón. La cerradura era infalible. Igual que Antonio, muchos usuarios
habían instalado la cerradura sin un plan B. Había que arrancar tanto
el mecanismo de cierre como la propia cerradura de la puerta, arrui-
nando ambos en el proceso. Era a prueba de ladrones, pero no a
prueba de idiotas.

La cerradura de combinación era otra historia. Como cualquier
cerrojo, podía trucarse. No es que importara mucho teniendo en
cuenta que era un escáner de huella dactilar. Dejé un mensaje en el
número que aparecía en la página para que alguien me llamara a
primera hora de lunes. No podíamos esperar tanto. En las próximas

horas, tenía que aprender todo lo posible sobre SecureTech o morir en el intento.

Me levanté de la silla e hice dos tazas de café de la antigua máquina de Mr. Coffee que había detrás del escritorio. Encontré un cartón de leche casi vacío en el frigo y lo vertí en la taza. Llevé ambas tazas a la oficina de Tyler y le di a él el café solo.

Tyler me dio las gracias mientras agarraba la taza.

—¿Qué sabes de Desiree?

Más de lo que quería saber, y más de lo que quería compartir con Tyler. El carisma y la personalidad magnética de Desiree atraía a la gente. No escatimaba en cumplidos ni amistades y hacía que todo el mundo se sintiera especial. Siempre que ella lo quisiera así, claro. Si no, su amistad se convertía en traición, y sus cumplidos en acusaciones. Desiree era calculadora con sus amistades, elegía a aquellos que se movieran en los círculos sociales adecuados, vivieran en vecindarios con clase y compartieran sus caros gustos. El pueblo se dividía entre los que la adoraban y los que detestaban cada uno de sus movimientos. Sus cotilleos y mentiras habían convertido amigos en enemigos. Al menos un hombre, Richard, había llegado a ser un marido infiel. Pero tenía que ceñirme a los hechos, no a los sentimientos.

Cogí una profunda bocanada de aire.

—Desiree se mudó aquí hace cinco años. Venía de Seattle, fardaba de haber hecho una fortuna como agente inmobiliaria. Y es cierto que tiene dinero.

—¿Te lo contó ella? —preguntó Tyler.

Negué con la cabeza.

—No me lo dijo directamente, pero en el pueblo se cuenta eso. También gasta mucho. Compró Bodegas Valles Frondosos al contado y ha invertido mucho dinero. Dice que lo de la bodega es solo una afición, pero hay rumores de que está importando uvas carísimas para distinguirse del resto de bodegueros. Dice que su vino tiene aquí la sede, pero sus ventas son diez veces mayores de lo que podría cultivar en su viñedo. Obviamente, está comprando mucho más de lo que cultiva. Evidentemente, lo niega todo.

Tyler se rascó la mejilla.

—Ya... O sea que Antonio dice la verdad.

Asentí.

—Desiree y Richard empezaron su aventura poco después de que ella se mudara aquí. Desiree llegó a presumir de ello, diciendo que Richard le daba más que una hipoteca. Aquello se extendió como la pólvora. Entiendo que Valerie quisiera el divorcio. Debe de haberse sentido humillada.

—¿El vino de Desiree es bueno? —preguntó.

Me encogí de hombros.

—No es malo, pero no es tan especial como para quedar en el primer puesto cada año. No destaca sobre el resto de vinos locales. De todas formas, no creo que tenga motivos para matar a Richard. Se beneficia mucho de tenerle vivo, más que muerto. Ser su novia implica que puede hacer trampas cada año para que gane el Vino del Año. Parecían felices juntos.

—A lo mejor quería más de él que un primer puesto en un concurso de vinos —respondió Tyler—. Desde luego, quería que dejase a Valerie. Cinco años son muchos para estar quedando con alguien. Quizás su relación se tambaleó cuando le prometió dejarla y no lo hizo.

—Eso es cierto, pero Desiree iba a tener a Richard para ella solita cuando Valerie le pidió el divorcio. —Tyler y yo íbamos a hacer un año juntos—. ¿Cuánto tiempo se supone que puedes estar quedando con alguien?

Se sonrojó.

—No lo sé exactamente, pero llega un momento en el que simplemente sabes si estás con la persona correcta o no.

—¿Yo soy la persona correcta? —Pronuncié esas palabras antes de darme cuenta de lo que estaba diciendo. Me arrepentí enseguida. ¿Y si no sentía lo mismo que yo?

—Definitivamente. —Se inclinó para darme un beso—. Eh... Cen... Lo supe en el momento en el que te conocí. Dudo que Richard fuera lo mejor que le ha pasado a Desiree. Me parece una oportunista. No estaba en esa relación solo por amor. Ni solo por ganar el concurso del vino. Él controla el banco, quizás los tiros van por ahí.

—Ella ya es rica —señalé—. Cinco años es mucho para esperar a que Richard deje a Valerie. Quizás le dio un ultimátum y este lo ignoró.

—O —Tyler hizo una pausa para encontrar las palabras adecuadas —… A lo mejor Desiree decía que quería que Richard se divorciara pero no era así. Cuando Valerie puso en marcha el divorcio, Desiree podría estar con Richard todo el tiempo. Si le hubiera estado utilizando para conseguir favores y en realidad no le quisiera, eso supondría un problema para ella.

Negué con la cabeza.

—Si Desiree ya no quisiera a Richard, habría roto con él y se habría largado. No tenía motivos para matarlo.

—Además, tiene una coartada irrebatible —afirmó Tyler—. Docenas de personas la vieron en el festival y varias veces durante la mañana.

—Podría haber contratado a alguien para matarle —añadí—. Aunque no tenía necesidad de hacerlo.

Tyler miró la hora.

—Llega media hora tarde.

Como si fuera una señal, la puerta de la comisaría se cerró de un portazo y una mujer llamó desde la oficina exterior.

—¡Hola, hola! ¿Sheriff Gates? ¿Hay alguien?

Era Desiree LeBlanc. Probablemente, esperaba hacer una entrada triunfal pero le había salido el tiro por la culata.

Me sentía secretamente satisfecha de que no hubiera nadie para recibirla. Me quedé en la salita adyacente a la sala de interrogatorios, oculta, mientras Tyler salía a la oficina para saludarla.

Intercambiaron un saludo y Tyler la condujo a la sala de interrogatorios, donde le hizo un gesto para que se sentara.

—He venido en cuanto he podido —Desiree sonrió a Tyler. Su labio inferior temblaba mientras decía suavemente—: Todavía no me lo puedo creer… Mi Richard se ha ido. Así, sin más.

Examiné a Desiree a través del cristal de un solo reflejo. Llevaba unas botas de ante de color burdeos, medias a juego y un jersey largo de diseño resaltado con un colgante de oro y amatista de apariencia cara. Y se había bañado en perfume. Me hacía cosquillas en la nariz, y eso que estaba en la habitación de al lado.

Desiree se había tomado su tiempo para cambiarse, ir a por un café para llevar e incluso peinarse. Su largo pelo rubio estaba ahora recogido en un moño, y unos rizos le enmarcaban la cara, acentuando sus ojos azules.

—Este año, el festival ha sido un desastre. Sin Richard para juzgar no...

Se detuvo a mitad de la frase, bajó la cabeza y se puso a llorar.

Después de un largo minuto, Desiree volvió a dirigir la vista arriba. Se acomodó sobre la silla y dejó escapar un suspiro profundo.

—Esto va a ser duro. Ya echo mucho de menos a Richard.

Tyler se sentó enfrente de ella.

—Siento tu pérdida, Desiree. ¿Alguna idea de quién ha podido matarle?

—Pues claro que sé quién lo ha hecho, sheriff. Han pillado a Antonio con las manos en la masa y en la escena del crimen. ¡Ha matado a mi amorcito! —Desiree sollozaba desconsoladamente.

Tyler empujó la caja de pañuelos delante de ella.

—Todavía no hemos llegado a ninguna conclusión, Desiree. La investigación sigue en marcha. Lo que sabemos seguro es que Antonio ha vuelto a la bodega y ha encontrado a Richard en el sótano. Al menos, esa es su versión de lo ocurrido.

—¿No vais a culparle? —dijo Desiree con la boca abierta de par en par.

—Como he dicho, la investigación está en marcha y tenemos que considerar cada fleco.

—¿Esto se está grabando? —Desiree entrecerró los ojos y examinó la habitación. Se detuvo en el espejo.

—Grabamos todos los interrogatorios —reconoció Tyler.

No solo la estaban grabando, también la estaban mirando. Yo misma.

Bajó la vista a la mesa y puso las manos en el regazo. Después de un momento, levantó de nuevo la cabeza y lanzó una mirada penetrante al cristal. Acarició el colgante de amatista con sus dedos con manicura que nunca habían hecho ni un solo minuto de trabajo manual.

Me sonrojé, desconcertada. Sabía que no podía verme. Incluso si llegase a sospechar que había alguien tras el cristal, no tenía forma de saber que era yo. A pesar de todo, no me gustaba mentir, ni siquiera a una persona que no me caía bien. Una parte de mí quería entrar en la sala de interrogatorios y dejarme ver.

Me recordé a mí misma que Tyler solo me había pedido que observara. Cualquiera en una sala de interrogatorios podría dar por hecho que iban a mirarle por detrás del cristal, de la cámara o de ambos. Era el protocolo en casi cada serie policíaca.

Desiree, claramente, no estaba pensando eso, o no habría empezado a flirtear con Tyler. Se estiró para llegar al otro lado de la mesa y puso una mano sobre las de él.

—Sheriff, tú eres un hombre. Ya sabes cómo se ponen los hombres cuando se amenaza su masculinidad.

Tyler no dijo nada.

Desiree levantó las cejas, con la mano todavía sobre la de Tyler.

—Los hombres pueden perder los nervios de vez en cuando. Richard tenía carácter. Supongo que Antonio también. Con la tensión del momento, las cosas se pueden poner… calientes.

Tyler siguió sin alterar su expresión.

Desiree no retiró la mano.

Me costó quedarme quieta tras el cristal. Estaba de pie, mirando con rabia. Iba de un lado a otro echando humo. Era todo lo que podía hacer para no entrar en esa sala y arrancarle la mano de las de Tyler.

Tyler retiró lentamente la mano de las de Desiree y cogió un boli. Garabateó algo en su bloc.

Desiree suspiró y se echó hacia delante.

—Voy a confesarte un secretito, sheriff.

Tyler imitó su postura y se inclinó. Dejó los codos apoyados sobre la mesa.

—¿Y bien?

Desiree volvió a poner la mano encima de la de Tyler, trazando círculos con sus uñas de manicura sobre la muñeca.

—Antonio vino a hablar conmigo hace un par de semanas. Me suplicó que hablara con Richard para que pospusiera el embargo. Le dije que nada de lo que dijera cambiaría la opinión de Richard y que no tenía otra opción: tenía que ejercer la política del banco si alguien no pagaba la hipoteca. Se tomaba en serio su trabajo, ¿sabes? Le dije a Antonio que era inútil y que más le valía invertir el tiempo en encontrar la manera de ponerse al día con los pagos. Pero se negó a escucharme y razonar. En su lugar, me suplicó que hablara con Richard. Al final, hablé con él y le pregunté si había algún vacío legal en la hipoteca para conseguirle algo más de tiempo a Antonio. Dijo que lo consultaría, por mí. ¿Y si Richard acabó hablando con Antonio solo porque yo se lo pedí? ¿Soy de algún modo responsable de las acciones de Antonio? —hundió la cabeza y lloró.

Tyler deslizó la caja de pañuelos cerca de Desiree con la mano que le quedaba libre. No retiró la otra mano, pero los músculos de la mandíbula se le tensaron.

¿Por qué no quitaba la mano? ¿Era una táctica de interrogatorio para que Desiree se sintiera tranquila, o algo así? La tía Pearl no aprobaba que saliera con el sheriff de la ciudad y se reafirmaba en ello a medida que nuestra relación se volvía más seria. ¿Habría lanzado algún hechizo de atracción sobre Tyler y Desiree para que rompiéramos?

No. Aunque probablemente quería que lo dejáramos, se preocupaba por mí y no haría nada que me rompiera el corazón. Tenía que creérmelo. Pero no me extrañaría que hubiera lanzado algún hechizo menor. Había una forma de averiguarlo.

Me concentré en Tyler y susurré:

Conjura el río

Conjura la canción

Muéstrame los conjuros

Que hechizan su razón

Los pensamientos mágicos

Dentro de su cabeza

Se desvanecen en la nada

E inundan mi certeza

Me los quedaré
Esto lo arreglaré
Se restaure el daño
Antes de que...

Me detuve justo a tiempo. ¡Estaba a punto de lanzarle un hechizo a mi novio! Vale, era un hechizo de limpieza que deshacía posibles hechizos existentes, si de verdad había alguno. Pero aun así, era interferir en la vida de alguien. ¡Nada menos que en la de Tyler! ¿Pero qué narices me pasaba?

Tyler conocía de sobra mis capacidades sobrenaturales. También confiaba ciegamente en mí. ¿Estaría de acuerdo en que le lanzara un hechizo, aunque fuera para protegerle?

Seguro que no. Tyler era mayorcito y podía cuidarse solo. Y, normalmente, se hacía cargo de las travesuras de la tía Pearl con buen talante, a pesar de su constante acoso.

Estaba actuando más por mi propio interés que por el de Tyler.

Ya fuera por que la tía Pearl le hubiera lanzado un hechizo a Tyler o no, estaba mal que yo hiciera lo mismo. Se me sonrojaron las mejillas de vergüenza. En el fondo de mi corazón, sabía que Tyler me quería. Incluso si todo eso cambiara mañana, no podría hacer que me amase para siempre lanzándole un hechizo. Ninguna magia podría forzar el amor. Lanzar hechizos por las razones equivocadas solía funcionar a corto plazo, pero a largo, perjudicaban la confianza.

Yo era mejor que esto.

Sí, había llegado a ser bruja. Eso traía una desventaja. Era demasiado fácil solucionar los problemas con mis propias manos y lanzar hechizos para hacer el mundo como a mí me gustaba. Igual que los multimillonarios compran lo que quieren con dinero, yo tenía la magia a mi disposición. Como bruja, podía hechizar lo que quisiera y hacer mis sueños realidad. Pero la habilidad de hacer algo no hace que sea lo correcto.

Por fin entendí por qué la tía Pearl lanzaba hechizos cada vez que las cosas no salían como ella quería. Era tentador crear un conjuro cuando las cosas no iban según lo previsto. La tía Pearl era una bruja muy talentosa, pero con vaivenes emocionales: era impaciente, vengativa y se salía con la suya. Admiraba su sabiduría como bruja, pero no quería utilizar mis poderes frívolamente o para vengarme.

Sí, era mejor que eso.

Cogí una profunda bocanada de aire y murmuré rápidamente un hechizo para deshacer el de limpieza. Después, volví a concentrarme en Tyler y Desiree.

No iba a perder los nervios por esa fresca manipuladora.

Respira.

Tyler solo estaba haciendo su trabajo. Una parte de ello era utilizar un poco de psicología con Desiree. Quería que estuviera lo suficientemente cómoda como para que bajase la guardia. Un buen interrogador construye esa confianza y afinidad. Si Tyler retiraba la mano, Desiree volvería a estar en guardia.

Seguía sin gustarme que Desiree se estuviera poniendo tan cómoda con mi novio.

Aún quería entrar corriendo a la sala y arrancarle la mano de las de Tyler.

Aún quería lanzarle una maldición.

Podía querer lo que quisiera, pero no cambiaría nada. Tyler tenía que interrogar a Desiree, y yo solo estaba presente para observar, no para interferir.

Evidentemente, Tyler sabía que yo estaba tras el cristal, viendo cómo se desarrollaba todo, esperando que yo no entrara en la sala y descubriera mi tapadera.

Lo cual iba a ocurrir, con o sin hechizo, si ella no apartaba la mano inmediatamente.

Por suerte, en ese mismo momento, Tyler quitó la mano con el pretexto de coger de nuevo el boli y tomar unas notas.

Exhalé, por una parte con alivio y por la otra avergonzada por mis celos.

Me enfurecía que desde el minuto en el que Desiree había estado a solas con Tyler se hubiera puesto a tontear. Acababa de perder el poco respeto que le tenía. Todo el mundo sabía lo manipuladora que era Desiree, por no hablar de su técnica de encantar a la gente para conseguir lo que quería, pero aquello acababa de ganar un nuevo significado cuando su objetivo fue mi novio. Estaba allí porque acababan de asesinar a su propio novio. No me imaginaba a mí misma actuando así si algo le hubiera pasado a Tyler.

Volví a la realidad. Mi trabajo era ver la entrevista, no enredarme en mis pensamientos.

Tyler estaba hablando.

—¿Cuándo viste a Richard por última vez?

—Pues... No lo sé... Me ha llevado al festival del vino esta mañana —respondió Desiree—. Hemos entrado los dos. Yo tenía prisa por comprobar que mi caseta estaba en el mismo sitio del año pasado. Ya sabes lo que decimos en las inmobiliarias: ubicación, ubicación y ubicación —rio nerviosa—. Por suerte, todo estaba montado tal y como quería. Richard ha vuelto al coche unas cuantas veces para traer el vino. Tenía que traer unas cajas de más porque este año mi vino se ha vuelto muy popular.

—¿A qué hora ha sido todo esto? —preguntó Tyler.

—Sobre las nueve.

—¿Y la última vez que lo has visto? ¿A las nueve?

—No he mirado el reloj, pero más o menos. Richard no me ha dicho que se fuera a ningún sitio, si es ahí a donde quieres llegar.

—¿Había mencionado algo de quedar con Antonio?

—A mí no —dijo Desiree negando con la cabeza—. Dudo mucho que tuviera una cita con él porque no iba a planear nada el mismo día del festival. Pero quizás le dio pena Antonio. Richard sentía debilidad por la gente con mala suerte.

—¿Le viste hablando con Antonio?

—Antonio se ha llevado a Richard a un lado en cuanto hemos entrado al gimnasio —afirmó Desiree—. Me he dado la vuelta para hablar con alguien y cuando he vuelto a mirar, se habían marchado.

—¿Les has visto irse juntos?

—No, solo he visto que ya no estaban ahí. Me he imaginado que Richard habría ido a hacer otras cosas para prepararse. El festival del vino es uno de los días más ajetreados del año. Y, además de eso, teníamos planes especiales para la noche. Creo que iba a pedirme... —

La voz de Desiree se rompió en un sollozo—. Iba a pedirme que me casara con él.

—¿Lo habíais hablado ya? —Tyler no mencionó el evidente dato de que Richard ya estaba casado con otra.

Desiree sacó un pañuelo de la caja y se enjugó los ojos.

—Sí, por encima. Dijo que tenía una sorpresa para mí esta noche. Valerie le había dicho que ya estaba firmando los papeles del divorcio. Por fin. Estaba contento por ello, aliviado. Todo eso a pesar de que el divorcio le iba a conceder a ella la mitad de todo. Richard decía que por fin podríamos estar juntos. Pero, su... supongo que no estaba destinado. —Desiree hundió la cabeza entre las manos y lloró.

CAPÍTULO 21

*M*inutos después de que Desiree se marchara, la puerta de la comisaría se abrió. La tía Pearl entró a toda velocidad y sin aliento. Dio un golpe al cerrar la puerta y se apoyó sobre esta.

—Es agotador hacer que la ley se cumpla. Le prometí a Tyler que me aseguraría de que el festival cerrara cuando expirara la licencia de licores.

—¿Esa era tu misión secreta? —pregunté, imaginando cómo se las habría apañado para dispersar a los asistentes cuando el jurado hubiera terminado.

—Por supuesto que no, Cen. Eso ha sido lo fácil de las dos cosas que me ha pedido. Todo está bajo control. —Se sentó al otro lado de la mesa y me miró. Le brillaban los ojos de emoción—. Madre, qué buena soy.

—¿Y qué tal ha ido tu tarea súper secreta? —Me moría por saber qué le había encargado Tyler y esperaba engañarla para que lo revelase.

—Lo siento, Cen. Eso es información clasificada. He jurado mantener el secreto —dijo mientras hacía un gesto de cremallera en los labios.

—Puedes estar segura de que lo que te haya dicho Tyler, me lo dirá a mí también.

La tía Pearl se rio.

—Ay, te puedo asegurar que no, Cen. Lo estropearías todo.

Miré al interior de la oficina para asegurarme de que Tyler no estaba cerca.

—Sé lo que hiciste, tía Pearl —dije—. Le robaste a mamá la llave de la puerta de Vinos Lombard.

—¡No, Cendrine! ¡No soy una ladrona!

—Y, sin embargo, te llevaste el vino de Antonio. No puedes negar que lo estabas vendiendo a plena vista en tu bar ambulante.

—Eso no era robar —dijo encogiéndose de hombros—. Lo estaba reutilizando. Era por una buena causa.

—Sacar el vino del camión de Antonio sin su permiso te convierte en una ladrona, no importa lo buenas que fueran tus intenciones. —Estaba furiosa, pero sentía curiosidad—. ¿Cómo te colaste en Vinos Lombard sin la llave?

—¿No te parece obvio, Cen?

—¿Se lo has contado a Tyler?

—No, claro que no, y no te atrevas a decirle nada. Las brujas no se chivan de otras brujas, Cendrine.

CAPÍTULO 22

yler estaba en la oficina hablando por teléfono con los inspectores de Shady Creek. Por lo que pude oír, los inspectores habían revisado las cámaras de vigilancia de varios negocios desde Vinos Lombard hasta el festival del vino. Había más tráfico de lo normal debido al festival, pero la mayoría se dirigía hacia allí, en dirección opuesta a Vinos Lombard.

La policía de Shady Creek había terminado de interrogar a Antonio y le habían puesto en libertad sin cargos, al menos, por ahora. Trina ya se había ido a recogerle.

Me senté en la oficina exterior de la comisaría; se me había quedado helado el café. Había investigado todo lo posible sobre la cerradura de SecureTech y todo parecía indicar que no se podía manipular. De nuevo, los manuales de instrucciones no contemplaban la brujería. La tía Pearl había admitido colarse por la puerta de Lombard. ¿Era posible que ella, o alguna otra bruja, pudiera lanzar un hechizo para trucar un escáner biométrico de huella dactilar?

Necesitaba entender del todo las fortalezas y debilidades de la cerradura de SecureTech, pero no podía hacerlo sin una cerradura de verdad. No podía juguetear con la cerradura de Antonio y cargarme las pruebas. Tampoco tenía el manual de instrucciones, y no estábamos cerca de destapar a algún otro sospechoso viable. Estábamos perdiéndonos una parte importante del puzle y nos quedábamos sin tiempo.

Podría comprar otra cerradura, pero me costaría un dinero y un tiempo que no teníamos. Si esto no justificaba la brujería, no sabía qué podría hacerlo.

Si no podía comprar una cerradura, tendría que conjurar una.

Técnicamente, estaba violando las normas de la AIAB porque estaba consiguiendo gratis un objeto de valor. ¡Odiaba romper las normas!

Por otro lado, entendía por qué la tía Pearl siempre se quejaba de las normas. Eran rígidas, de talla única y a veces no tenían mucho sentido. Ahora mismo, no me quedaba otra opción.

Cerré los ojos y me imaginé la cerradura mientras susurraba el hechizo:

Un, dos, tres,

SecureTech es lo que ves...

¡Pum!

Ante mis ojos apareció una caja de cartón con las letras de Secure-Tech. Medio secundo después, cayó sobre la mesa con un sonido seco.

—Cen, ¿va todo bien ahí dentro? —dijo Tyler—. ¿Qué ha sido ese ruido?

—Eh... nada. Se me ha caído un libro. —Puse la caja delante de mí y esperé hasta estar segura de que Tyler no iba a entrar a investigar. La abrí y saqué el manual. Introduciría mi propia huella en la cerradura y probaría varias formas de burlar el lector biométrico. Al menos, ese era el plan. Como no era cerrajera ni se me daba bien la mecánica, estaba improvisando con la esperanza de que la propia magia desvelara paso a paso el misterio, por así decirlo.

Claro que tenía que leer las instrucciones de cabo a rabo. No podía permitirme ni un solo error.

La cerradura de combinación era sencilla. La combinación predeterminada de fábrica era 1-2-3-4-5. Para cambiarla, tenía que introducir una herramienta de reinicio que venía con la cerradura y después teclear el código que quisiera. Inserté el número 77711 y lo guardé. Después, quité la herramienta de reinicio e introduje el código. Se abrió.

Funcionaba.

Me dispuse a comenzar el siguiente paso: el escáner de mi huella dactilar. Estaba a punto de empezar cuando tuve una epifanía. Era muy obvio visto en retrospectiva, pero ninguno de nosotros lo había pensado.

En ese momento y lugar, sostenía un cierre biométrico sin ajustes biométricos. ¿Y si la cerradura de Antonio no había llegado a guardar bien el código? Había mencionado que la luz verde no funcionaba. Si ese era el caso, abría la puerta a un montón de sospechosos. Lo único que tenía que hacer el asesino era abrir la cerradura de combinación, no la del escáner.

Me temblaron las manos al leer las instrucciones.

—¡Tyler, ven aquí! Tenemos que volver a la bodega.

CAPÍTULO 23

Informé a Tyler de mis descubrimientos cuando íbamos a Vinos Lombard a toda velocidad. Antonio tenía órdenes de no volver a su propiedad hasta que Tyler se lo permitiera, así que Trina había acogido a Antonio. Parecía feliz por la oferta; seguía bajo los efectos del hechizo de la tía Pearl.

—¿Antonio te ha dicho la combinación de la cerradura? — pregunté.

—Supongo que podremos comprobarlo con la puerta abierta — dijo Tyler asintiendo—. Preferiría que fuera el técnico el que lleve a cabo el experimento, pero en realidad no podemos salir perjudicados. Si hacemos algo mal, el técnico lo puede deshacer más tarde. Solo por si las moscas, lo grabaremos todo.

—Si descubrimos quien ha sido… —Ya estaba adelantando acontecimientos. Encontraríamos nuevos sospechosos, Antonio evitaría el embargo y todo estaría bien otra vez. Siempre que mi experimento funcionara, claro.

—No tengas muchas expectativas, Cen. Yo tampoco quiero pensar que lo haya hecho, pero es una posibilidad remota.

Una posibilidad remota que teníamos que probar en las próximas veinticuatro horas. Si no, Tyler tendría que intervenir.

Como sheriff, era él quien decidía si la bodega Lombard volvía a su propietario y cuándo. Es decir, cualquiera que resultara ser el propietario el lunes por la mañana cuando la bodega aceptara finalmente el embargo. Técnicamente, Antonio era el ocupante legal, sin importar si el embargo se llevaba a cabo o no. Los desahucios y otro tipo de asuntos legales tardaban en entrar en vigor.

Llegamos a la puerta de Vinos Lombard y Tyler salió del Jeep para abrirla. Tenía claro que estábamos buscando respuestas a preguntas que no tenían sentido. Me gustaba que Tyler estuviera abierto a lo que le sugería. Lo que parecía un caso evidente empezaba a indicar que alguien había incriminado a Antonio. Las pruebas que le apuntaban eran demasiado perfectas.

Tyler aparcó el Jeep y se giró hacia mí.

—Cen, espero que haya algo. Tengo mucha presión encima por culpar a Antonio. El caso está bajo mi jurisdicción, no bajo la de Shady Creek, pero creen que Antonio es el único que puede haberlo hecho. Si me equivoco con esto, es posible que pierda mi trabajo.

Tenía el mismo sentimiento dañino al seguir a Tyler por el aparcamiento. Abrió la puerta de la bodega y entramos. A pesar de la luz de la tarde que se colaba por la ventana, el lugar resultaba inquietante. Cerré la puerta detrás de mí y la bloqueé.

Dentro del edificio hacía frío, pero no tanto como cuando estábamos embotellando el vino el día anterior. ¿Había sido de verdad el día anterior? Parecía haber pasado una eternidad.

—Si Antonio fuera el asesino, nunca lo haría en la bodega y el viñedo de su familia —dije—. Venera este lugar.

—Pensamos eso porque le conocemos, Cen. Pero esto va de sus emociones, no de su forma de pensar. El jurado verá a Antonio como un hombre desesperado con pruebas aplastantes que apuntan directamente a él. Llegarán al veredicto unánime de que es culpable porque, ahora mismo, no hay duda de que haya sido él.

—Salvo que Antonio parece haber renunciado a la vida en general —contesté—. No tiene la energía para matar a nadie.

—Los jurados no saben eso. —Tyler suspiró y se dirigió hacia las escaleras que conducían al sótano. La puerta estaba abierta y el barril de vino estaba sujetándola como antes. Se quedaría así hasta que SecureTech pudiera reprogramarla, ya que nadie, aparte de Antonio, podía abrirla.

Tragué saliva y recordé la incursión secreta de la tía Pearl al sótano. ¿Sería todo una mentira para confundirme? No iba a mencionar la visita de la tía Pearl todavía, solo conseguiría nublar todo juicio. Si yo estaba en lo cierto, mi experimento identificaría nuevos sospechosos y ya me encargaría de lo otro más tarde.

Al bajar las escaleras del sótano, sentí un escalofrío. El aire era más frío y húmedo de lo que recordaba.

—¿No debería haber alguien vigilando este lugar? —pregunté.

—Ya han despejado la escena del crimen —dijo Tyler—. El equipo forense ha procesado todas las pruebas. Han buscado huellas en la cerradura y los restos.

—Pero tú nunca lo haces tan rápido.

—Pero estoy seguro de que hemos recogido todas las pruebas posibles —suspiró—, y retrasar las cosas solo lo complicaría todo aún más con lo del embargo.

—Tienes el código de Antonio, ¿no?

—Empieza a grabar —asintió Tyler a la vez que me tendía su móvil.

Sujeté el teléfono y empecé a grabar cómo Tyler sacaba un papel del bolsillo y lo mostraba a la cámara.

—¿Me estás tomando el pelo? —dije soltando un grito—. 1-2-3-4-5 es la combinación de fábrica. ¡Antonio no se molestó en poner una nueva!

—¿Podría haber usado su huella? —preguntó Tyler frunciendo el ceño.

—¡No! No se puede hacer sin haber metido un nuevo código, uno diferente al que viene por defecto. Ni lo reinició ni introdujo un código nuevo. No lo entiendo, estaba muy seguro de que lo había hecho. Yo misma le vi meter el código y escanear el dedo. Y la tía Pearl también.

—¿Cómo se resetea la cerradura?

—Necesitas una herramienta especial que viene con la cerradura

—dije—. Al menos, para cambiar la combinación. Para lo del escáner de la huella, Antonio dijo que la luz verde no funcionaba. O nunca llegó a introducir su huella dactilar, o alguien lo ha reiniciado con los ajustes de fábrica.

—Vamos a probarlo. —Tyler introdujo la combinación una vez más, pero el cerrojo se quedó en posición de bloqueo.

—Me equivocaba —suspiré—. Se necesitaba la huella.

Unos segundos después, la cerradura se abrió sorprendiéndonos.

—Tiene un tiempo de espera —dije—. Lo que Antonio pensó que era el lector escaneando su huella, no era eso para nada. Haya huella o no, la cerradura tarda en abrirse. Eso deja al usuario unos segundos entre la combinación y el escáner de huella. Es bastante retraso, así que no es sorprendente que Antonio pensara que de verdad estaba escaneando su huella. Debería haberse dado cuenta de que no funcionaba al no ver la luz verde.

Dejé de grabar y le devolví el móvil a Tyler.

—Buen trabajo, Cen.

—La cerradura es la clave.

—Muy graciosa —sonrió Tyler—. No libera a Antonio, pero añade sospechosos a la lista.

—Queda otra posibilidad, una que espero no sea cierta porque vuelve a apuntar a Antonio. —Había aprendido varias cosas sobre cerraduras durante mi investigación.

—¿Cuál? —preguntó Tyler.

—¿Sabes la diferencia entre una cerradura *fail safe* y una *fail secure*?

—Ni idea.

—Las cerraduras *fail safe* se desbloquean cuando se va la luz, pero las *fail secure* se quedan bloqueadas aunque no haya corriente. No sé cuál es esta, pero es posible que si se fue la luz, se abriera.

—¿Y el escáner de huella?

—Quizás se borre —dije encogiéndome de hombros—. Las instrucciones no mencionan lo que pasa en caso de fallo energético. Es lo que estoy intentando averiguar.

Le conté lo del mensaje que había dejado a SecureTech.

—El asesino podría haber sabido que la cerradura se desactiva al cortar la corriente —señaló Tyler.

—Es una cerradura muy cara, Tyler. Es lógico pensar que no se desactivaría.

—Eso creo yo —contestó—. La verdadera pregunta es: ¿quién quiere sacar a Richard y a Antonio del mapa?

CAPÍTULO 24

$\mathcal{P}$ara cuando Tyler y yo volvimos al festival, ya estaba todo cerrado. El aparcamiento estaba vacío y las puertas del gimnasio cerradas. Sorprendentemente, la tía Pearl había cerrado todo antes de que expirara la licencia de licores.

¿Lo había hecho?

—Un momento —dije mientras saltaba del Jeep y corría a la puerta del gimnasio, de donde colgaba un enorme cartel. El letrero escrito en negro dirigía a todos los asistentes del festival al único lugar del pueblo con licencia de licores: el bar y parrilla Puesto de Brujas de mi familia. Estaba bastante segura de que redirigir a la gente allí no formaba parte de las instrucciones de Tyler.

La tía Pearl había movido el festivla a nuestro bar porque teníamos licencia. La tía Pearl siendo la tía Pearl, había explotado la situación en su propio beneficio.

* * *

DIEZ MINUTOS DESPUÉS, llegamos al Puesto de Brujas y encontramos el aparcamiento lleno de gente y ruido, con voces de borrachos que salían desde el bar. Entramos y lo encontramos lleno hasta los topes.

Carolyn Conroe, el alter ego con pinta de Marilyn Monroe de la tía Pearl, saludó desde el escenario improvisado de un rincón del bar. Con casi toda seguridad, se trataba de un encantamiento, aunque parecía útil en comparación con la pirotecnia usual de la tía Pearl y sus típicos toquecitos para llamar la atención. Su brujería parecía un poco fuera de lugar, pero pensándolo bien, había estado lidiando con las ventas de vino, el concurso y los jurados y con asuntos secretos de la policía durante todo el día. Era mucho para cualquiera, incluso para ella.

Nos quedamos en el marco de la puerta. Nos habíamos perdido mucho, a juzgar por el enorme cartel del escenario que declaraban los ganadores de cada categoría.

El tinto merlot Hora de Brujas de mamá había ganado la categoría de Mejor Nuevo Vino, la última categoría a juzgar antes de que la licencia expirara. Solo había una categoría más y era una de las grandes: Vino del Año. Mis esperanzas de que el concurso acabara pronto acababan de esfumarse. Para entonces, la cata de vino y el jurado se habían convertido en un juego de beber.

Sospechaba que la mayoría de la gente estaba allí para ver si Desiree ganaba o perdía dicha categoría, ahora que su novio ya no era juez.

Si perdía, habría problemas por un motivo u otro. Una cosa es que Desiree no se llevara el premio de Mejor Nuevo Vino, y otra muy diferente era perder el Vino del Año. Iba a montar una pataleta si perdía. Las cosas apuntaban a que iba a ser un festival más bélico que los anteriores. Lo único bueno es que nadie parecía notar la ausencia de Richard. De hecho, parecía que se lo estaban pasando mejor. El formato de la tía Pearl hacía que el concurso fuera más emocionante y divertido.

El escenario era demasiado pequeño para acoger cómodamente a los tres jurados y a Carolyn Conroe. Estaban sentados en taburetes en lugar de en sillas, apoyándose los unos en los otros mientras removían sus copas borrachos. El vino salpicaba, se rompían copas, y se acercaban peligrosamente al borde del escenario a punto de caer como las piezas de un dominó. Ahora, por pura necesidad, los jueces reutilizaban sus copas en lugar de remplazarlas por otras después de cada cata de vino.

—¡Salud! —dijo Carolyn Conroe con voz de borracha al micrófono. Llevaba un brillante vestido de noche de lentejuelas rojas cortado con la misma tela que el chándal de la tía Pearl—. Estamos a punto de elegir el Vino del Año, el ganador absoluto del Festival del Vino de Westwick Corners.

—Gracias al cielo —dije girándome hacia Tyler—. ¿Quién será?

—Qué más da, con tal de que gane alguien —respondió.

Por lo que a mí respectaba, no podía ocurrir lo suficientemente pronto.

De repente, Desiree se levantó de su asiento. Corrió al escenario y voceó por el micrófono, derribando a Carolyn sin querer en el proceso.

—¡No podéis hacer esto! ¡Esto no es un evento oficialmente autorizado!

—Oh, oh.

Se me aceleró el pulso. Ni la tía Pearl ni mucho menos Carolyn tolerarían un desafío así.

—No será capaz —dijo Tyler boquiabierto y desconcertado.

Carolyn Conroe se puso en pie y le dio una patada a Desiree en las piernas. Esta cayó sobre el escenario y adoptó una posición fetal de defensa.

Carolyn dio una profunda bocanada de aire y dibujó un enorme arco con la mano.

Acababa de congelar a todo el bar. A todo aquel que no era una bruja, claro. Hasta Tyler estaba inmóvil a mi lado.

Mamá salió corriendo de la barra.

—¿Qué está pasando?

—Mamá, ha lanzado un hechizo de congelación —grité—. ¡Tía Pearl, basta!

—Pearl, no puedes tratar así a la gente —mamá sonaba irritada—. Deshaz esto para que acabe la votación. Y cámbiate esa estúpida caricatura de Carolyn, estás confundiendo a todo el mundo.

—¡No me digas lo que tengo que hacer, Ruby! Esa mujer me ha

atacado. Ha sido en defensa propia —pero Carolyn no volvió a ser la tía Pearl.

Miré al escenario, al punto en el que Desiree estaba tumbada de lado, hecha un ovillo en frente de los tres jueces.

—No tenías que usar tanta fuerza.

—No ha venido nadie a ayudarme en este pueblucho sin ley —dijo la tía Pearl con una sonrisa dulce pero malévola que me retaba.

Le seguí la mirada hasta llegar a Tyler, que estaba inmóvil en la puerta.

—¿Cómo iba a ayudarte? Le has congelado.

—No seas tiquismiquis, Cendrine.

Suspiré exasperada. Ese interminable combate de palabras no iba a llegar a ninguna parte. Cogí aire y recité el hechizo de anulación:

Haz que el futuro
Pase a pasado
Ahora el presente
Será recontado

Cuando deshice el hechizo de mi tía, añadí uno nuevo: un hechizo de congelación pero solo para ella.

—¿Qué narices? —las manos de la tía Pearl se contrajeron cuando intentó moverse. Examinó la sala con pánico y me miró—. Cendrine, ¡quítame el hechizo!

No era mi mejor hechizo y estaba un poco chapucero, pues la tía Pearl aún podía moverse un poco. Hacer brujería sobre la marcha era un asunto complicado.

—¿Cen? —intervino mamá.

Retiré el hechizo inmediatamente. Solo había durado un minuto o dos, pero le dio a la tía Pearl un poco de su propia medicina.

Volví al lado de Tyler justo a tiempo. Un murmullo sonoro recorrió el bar cuando todo el mundo volvió a la vida.

—He tenido una sensación muy extraña —tosió Tyler—... Era como si me durmiera de pie, o algo así. ¿Lo has sentido, Cen?

—Eh... Sí, algo así.

Estaba preocupada viendo cómo la tía Pearl había recuperado su puesto en el escenario. Tenía que mantenerlas a ella y a su magia bajo control para que el concurso pudiera terminar.

Mientras tanto, Desiree también estaba en el escenario. Se levantó lentamente y volvió a coger a la tía Pearl del brazo. Intentó echarla del escenario.

—¡Tú no eres jueza!

—Ni lo quiero ser. —La tía Pearl se quedó plantada—. Solo intento mantener el orden.

—¡No, no lo haces! Estás creando un caos —dijo Desiree dando un puntapié al suelo. Se giró y nos vio por primera vez—. ¡Sheriff, arresta a esta mujer por agresión!

—¿Me echas una mano? —me dijo Tyler con un suspiro.

Asentí, temiéndome que la tía Pearl estuviera a punto de lanzar otro de sus hechizos que solo iban a empeorar la cosas y enfadarla aún más. La llevé a un lado del escenario mientras Tyler acompañaba a Desiree de vuelta a su mesa unos metros más allá.

Desiree intentaba ganar, y la tía Pearl parecía estar dispuesta a darlo todo con tal de que eso no ocurriera.

CAPÍTULO 25

Para ese momento, Carol y Reggie estaban demasiado borrachos como para seguir juzgando, así que todo había vuelto al comienzo, con un solo juez en lugar de tres. La única diferencia es que ese solitario jurado era Earl. Nadie se había quejado, al menos, todavía.

Desiree estaba sentada en su mesa, dando golpecitos con los dedos, impaciente. Parecía lista para reclamar el Vino del Año en cuanto se anunciara su primer puesto.

Mamá se acercó a la mesa de Desiree y colocó una copa con la última muestra de Vino del Año. La copa de Desiree se había retrasado por su altercado con el alter ego de la tía Pearl, Carolyn.

Lo que quisiera que mamá le hubiera dicho a Desiree, la había calmado. Levantó la copa, dio un trago seguido de otro. Se dejó caer sobre el respaldo de la silla y sonrió.

La tía Pearl se acercó al micrófono y voceó:

—¿Estáis listos para dar un redoble?

La gente aplaudió y vociferó. La cosa se estaba poniendo bulliciosa.

—Y… ¡tenemos ganador! —Pronunció cada palabra como si estuviera a punto de coronar al próximo campeón del campeonato de boxeo—. Earl, por favor, haz los honores.

Todos teníamos asiento en lo que iba a ser la pelea del siglo del Festival del Vino de Westwick Corners. La tensión se podía cortar y todo el mundo aguantaba la respiración esperando a que Earl anunciara el ganador.

Pero la primera en hablar fue Desiree.

Se puso de pie y golpeteó su copa.

—Mmm... Está bueno. No, está mejor que bueno. Es exquisito, claramente, el ganador. Las sutiles notas de cereza y chocolate, envejecido en barriles de roble antiguo. Mmm... Reconocería mi vino de cualquier otro.

—Ya veremos —dijo Earl llevándose el lápiz a la boca mientras se debatía por las puntuaciones de cada categoría. Se le resbaló de entre los dedos y cayó al escenario. Se inclinó para recogerlo y perdió el equilibrio. Se levantó tambaleándose y frotándose la frente—. No puedo seguir con esto, Pearl. No me siento bien.

—No puedes parar ahora —protestó la tía Pearl—. Tienes que puntuar en el concurso.

—Pero es que me encuentro mal.

La tía Pearl levantó la mano como si fuera un policía de tráfico.

—No quiero oírlo. ¿Por qué te has bebido el vino? Se supone que tenías que saborearlo en la boca y escupirlo. —Señaló un enorme bol que se acababa de materializar en la mesa que tenía delante.

—Nadie me había dicho eso. ¿Por qué no me lo habías dicho? Ya sabes que no bebo.

—Todo el mundo sabe cómo se hace, Earl. Pensé que se daba por hecho.

La tía Pearl solo pensaba en sí misma y era inconsciente, pero nunca era mala intencionadamente.

Sobre todo, con Earl. No daba muestras de afecto en público, pero su corazón era puramente de él. A pesar de ello, le había mandado a un abstemio que consumiera copiosas cantidades de vino. Sabía que él no podía decirle que no.

Rozaba la crueldad, y en realidad pensé que había perdido la cabeza. O, si no la cabeza, al menos su talento como bruja y su sentido común. En el mejor de los casos, vomitaría hasta los intestinos y se desmayaría. En el peor, sufriría una intoxicación etílica.

Earl hizo una burla a la tía Pearl. Si era sarcasmo o lealtad, era algo que no sabía, pero cogió la copa restante y se la llevó a la boca. Removió el líquido con la lengua y asintió lentamente antes de tragar.

—Ah, sí... Este es el mejor.

CAPÍTULO 26

*E*arl le tendió un papel a la tía Pearl.

Cogió aire con fuerza.

—El ganador es… el merlot tinto Hora de Brujas de Ruby West y el Puesto de Brujas. Sube aquí, Ruby, para recoger el premio.

—No puede ser —gritó Desiree—. ¡Pearl, no puedes darle el primer premio a tu hermana!

—Yo no he sido —dijo la tía Pearl—. Tenemos una serie de jueces independientes.

Mamá subió al escenario.

—Creo que es un error. No he podido ganar otra vez.

Ganar el Mejor Nuevo Vino estaba bien porque había desbancado a los vinos artificiales de Desiree del primer puesto. Pero el Vino del Año era una prueba mucho más competitiva con mejores contendientes, entre ellos, el vino de Antonio.

La tía Pearl cogió la bolsa de papel marrón de debajo de la silla de Earl. Un cuello de botella sobresalía de la bolsa y ella lo sacó, revelando la etiqueta que yo había creado minuciosamente y que Desiree había criticado.

—No es ningún error —dijo Pearl girándose hacia Desiree—. Es el merlot tinto Hora de Brujas de Ruby. Si yo fuera tú, Desiree, volvería a mi mesa.

Desiree empezó a objetar, pero al ver a mamá en el escenario, cambió de opinión. Se dio la vuelta y bajó del escenario para dirigirse a su mesa.

La tía Pearl le tendió el micrófono a mamá.

—¡Hora del discurso!

¿Mamá había ganado de forma justa o la tía Pearl había lanzado algún hechizo de resalto a su vino? El vino estaba bueno, pero ¿era de verdad mejor que el de Desiree o el syrah de Antonio?

Si la tía Pearl de verdad había resaltado el merlot tinto Hora de Brujas de mamá a base de encantamientos, entonces Desiree tenía razón. Era un error. No tenía ni idea de si mi hechizo habría sido lo suficientemente fuerte como para cancelar los efectos de los de la tía Pearl.

Quizás había causado el efecto contrario. Cancelar un hechizo a veces hacía dos veces más fuerte el hechizo original. Solo había lanzado un hechizo en particular un par de veces, así que no me fiaba mucho de mis habilidades. ¿Y si, por accidente, había hecho que el vino de mamá fuera mejor? Eso también contaba como hacer trampas, incluso si había sido sin querer.

Quizás nunca llegaría a saberlo. De cualquier modo, mamá tenía la suficiente experiencia con la brujería como para detectar cualquier truquito de magia de la tía Pearl o mío. Si la tía había hecho de las suyas, se habría llevado todo el crédito del vino.

Mamá estaba brillante al dirigirse a la sala.

—¡No me puedo creer que haya ganado! Pero, por encima de todo, me encanta que a la gente le guste mi vino. Pero… este vino no es solo mío, tengo un coganador. Antonio Lombard y yo hicimos el vino juntos.

Antonio y Trina estaban sentados unas mesas más allá de nosotros. Trina le había recogido de Shady Creek después de que la policía le soltara.

Antonio sonrió y le hizo un gesto a mamá.

—¡Ven aquí, Antonio! —La tía Pearl, espontánea como ella misma, tenía un segundo trofeo en la mano—. ¡Ven a recoger tu premio!

Antonio se levantó y se acercó al escenario.

—Ah, no. ¡Tú sí que no! —Desiree señaló a Tyler—. Sheriff, ¿no vas a arrestar a este hombre?

Un sonoro murmullo se extendió entre la multitud. A pesar del largo día, el asesinato de Richard no había llegado a los oídos de los más cotillas. Valerie estaba en casa y no había hablado con nadie. Ni Antonio ni Trina. Desiree y la tía Pearl también habían guardado silencio.

Tyler se aclaró la garganta.

—La investigación sigue en marcha, Desiree. Aunque sí que vamos a arrestar a alguien.

Antonio ya estaba en el escenario. Miró dudoso a la tía Pearl, que le tendió el trofeo y le estrechó la mano. Delante de los clientes del bar, parecía sufrir miedo escénico. Antonio era el centro del escenario y podría estar a punto de ser acusado de asesinato delante de todo el pueblo.

Tyler se acercó al escenario, cogió el micrófono y llamó la atención de todo el mundo. Antonio volvió a su asiento con Desiree pisándole los talones, y Earl y mamá se quedaron en silencio sobre la tarima.

La tía Pearl acababa de saltar del escenario cuando la puerta del bar de abrió de par en par.

La luz de la luna se coló en el interior del Puesto de Brujas, y una figura sombría oscureció la entrada.

CAPÍTULO 27

*J*ose Lombard apareció en el interior del bar y se detuvo un momento, como si buscara a alguien. Sus ojos bombardearon la sala hasta detenerse en Antonio y Trina, que estaban sentados en su mesa. Se acercó a toda velocidad y casi tiró a mamá al suelo con toda la bandeja de bebidas.

—Has llegado a un nuevo nivel, Antonio.

La postura de Antonio se endureció.

Trina salió disparada de su silla e interceptó a Jose antes de que llegara a su mesa.

—Jose, no creo que debas hablar con Antonio ahora mismo.

Jose abrió la boca al ver a su hermano. Se giró a Tyler y le gritó:

—¡Sheriff! ¿Vas a dejar libre a un asesino?

—No pongas las cosas peor —contestó Tyler.

—¿Qué está pasando, sheriff? —preguntó un anciano entre la multitud.

—¿De qué está hablando? —gritó Lacey Ratcliffe.

Todo el mundo empezó a hablar de repente. De pronto, las voces eran tan fuertes que ni siquiera se oía el micrófono.

Tyler lo encendió.

—Que todo el mundo guarde silencio y vuelva a su silla. Jose, un paso atrás. Coge una silla en la barra.

Jose se quedó en su sitio con las manos en la cintura.

—¿Quieres que retroceda? ¿Quieres que no empeore las cosas después de que mi hermano haya matado a un hombre? Después de haber llevado la bancarrota a nuestra bodega, además. ¿Crees que esto son negocios?

Tyler levantó la mano en dirección a Jose. Después, se giró hacia el resto de la gente.

—Siento anunciar que Richard Harcourt ha muerto. Su muerte ha resultado ser un homicidio.

El grito ahogado de todos los presentes recorrió toda la sala.

—Hemos descubierto el cuerpo esta mañana —continuó Tyler—. Era un objetivo y conocía a su asesino. Nadie más está en peligro.

—¿Por eso no estaba en el festival del vino? —preguntó una mujer.

—Sí —respondió Tyler—. Quiero que todos sepáis que hay una investigación en marcha y estoy a punto de anunciar un arresto.

—Ya es tarde, sheriff —lloró Desiree—. Mi pobre Richard se ha ido.

Se cayó sobre su asiento y sollozó desconsoladamente.

Nadie fue a consolarla.

Jose había ignorado las instrucciones de Tyler y seguía en la mesa de Trina y Antonio. Miró a su hermano.

—No es tarde para vender, Antonio. Deberíamos hacerlo antes de que te encierren. Invierte el dinero en un buen abogado defensor.

Dejó caer un sobre de manila sobre la mesa de Antonio.

Trina lo abrió y revisó el contenido. Después, lanzó los papeles por la mesa y miró a Antonio.

—No va a vender.

—Quédate al margen de esto, Trina. No tiene nada que ver contigo.

—Tiene mucho que ver conmigo —dijo Trina firmemente—, Jose. He invertido tanto en Vinos Lombard como cualquiera de vosotros dos. ¿Recuerdas el dinero que le presté a la bodega el año pasado para que siguierais con el negocio? Bueno, pues lleváis meses sin pagarme.

—Pensaba que te lo estaba devolviendo Antonio —dijo Jose con el ceño fruncido.

—No, Jose. No podía pagarme porque no quedó dinero después de que usaras tu tarjeta de crédito para comprarte ese precioso Cadillac con el dinero de la compañía.

Jose se encogió de hombros.

—Te pagaremos todo si el banco se queda la bodega, Trina. ¿Puedes hacer que Antonio entre en razón?

—No tengo por qué —respondió Trina—. El banco no es el único con derecho de retención sobre la bodega. Mi préstamo asegurado va el segundo, así que tengo la bodega como garantía.

—¿Y? El banco va primero.

—No si le doy a Antonio dinero para ponerse al día con la hipoteca. Entonces el banco no puede embargarlo. Yo, sin embargo, puedo congelarlo todo. Voy a proponerte un trato, Jose. Vende la bodega a Antonio bajo los mismos términos de Desiree, y te marchas.

—Pero la bodega vale mucho más de… —dijo Jose con la boca abierta.

—¿La bodega vale mucho más de lo que tú le ofrecías al intentar convencer a Antonio? —dijo Trina completándole la frase—. ¿Es eso lo que estás diciendo? Antes te gustaba ese precio.

—No… No lo sé —balbuceó Jose.

Trina rompió los papeles por la mitad y los lanzó sobre la mesa.

—Es ahora o nunca. Ya sabes que Antonio no va a estar de acuerdo en vender a Desiree. Mi oferta expira en un minuto.

—¡Vale, acepto! —gritó Jose—. No aguanto ni un minuto más en este lugar.

Tyler saltó del escenario y se acercó a los hermanos.

—No tan deprisa. Tenemos un par de asuntos que tratar.

CAPÍTULO 28

*J*ose negó con la cabeza.

—Ya basta por esta noche. Te llamaré mañana, sheriff.

—Nada como el presente —dijo Tyler. Se puso justo delante de Jose y taponó la salida—. ¿Está todo el mundo de acuerdo en que arreglemos esto ahora?

La muchedumbre murmuró con aprobación y la sala se quedó en absoluto silencio.

Tyler se aclaró la garganta.

—Ya está mal que la hayas tomado con Richard Harcourt, pero ¿intentar inculpar a tu hermano? Es realmente despreciable, Jose.

—Yo no tengo que ver con nada de esto. Ni siquiera estaba en el pueblo —protestó Jose. Sacó un enorme taco de papeles del bolsillo de la camisa y lo aireó—. Estaba en las afueras de Sacramento, repartiendo todos estos pedidos, cuando Trina me llamó y me contó que habían encontrado muerto a Richard.

—¿Realmente hiciste alguna de las entregas? —preguntó Tyler.

—No —dijo negando con la cabeza—, porque Trina me llamó y me dijo que volviera inmediatamente.

—Una persona práctica habría repartido el vino después de haber pasado, ¿cuántas, quince horas al volante? Ya estabas allí. Y en su lugar ¿volviste a casa?

—Estaba conmocionado, sheriff. No se descubre todos los días que tu hermano ha apuñalado a alguien.

—No le he dicho a nadie la causa de la muerte, Jose. ¿Cómo sabes que habían apuñalado a Richard?

—Me lo contó Trina cuando llamó —dijo con una risa nerviosa.

—No, no es cierto —respondió Trina levantando la mano a modo de protesta—. Nadie me había contado cómo había muerto. Tampoco vi el cuerpo de Richard.

—Pues… pues no lo sé —Jose tartamudeó—. Supongo que lo visualicé. Sabía que había sido en el sótano y Antonio no tiene pistola…

—Algo que me descoloca, Jose —continuó Tyler—, es que si estabas en Sacramento esta mañana como dices, basándonos en la hora a la que Trina te ha llamado, no podía darte tiempo a volver del viaje para estar aquí ahora. La razón por la que estás aquí es que no llegaste a ir nunca a California. Ni siquiera saliste del estado de Washington, ¿verdad? De hecho, no has salido ni del condado.

—Por supuesto que sí. Ayer por la tarde cargué el vino después de que Richard y yo fuéramos a ver a Antonio. En una hora, estaba en la carretera —dijo Jose a la vez que sacaba un resguardo de la tarjeta de crédito de los pantalones y se lo daba a Tyler—. Aquí está la prueba: un resguardo de una gasolinera de Bend, Oregón.

Tyler lo estudió.

—Sí, tienes razón… Veo que has estado de verdad en Oregón y echaste gasolina antes de la medianoche del viernes. Este resguardo es la prueba. Sacramento está a otras ocho o nueve horas. Tiene sentido, fallo mío.

—Eso es —dijo con expresión petulante—. Trina me llamó sobre las diez de la mañana, creo.

—¿Ahí es cuando te has dado la vuelta? —preguntó Tyler.

Jose asintió.

—Jose, es un camino de quince horas desde Sacramento hasta aquí. ¿Qué has hecho? ¿Volar?

—Admito… que he ido muy rápido, sheriff. Estaba conmocionado.

—Las diez, once, doce —Tyler contó las horas con los dedos—… Si de verdad saliste a las diez, no esperaría verte aquí hasta la una de la mañana. Debes de haber corrido mucho para recortar cuatro o cinco horas del viaje normal. Tu línea temporal no encaja.

—Eh… bueno, en realidad estaba un poco al norte de Sacramento. Siento no ser más específico. Estoy agotado de tanto conducir —explicó Jose mirando a la puerta—. ¿Podemos hablar mañana?

—Yo creo que deberíamos hablar ahora —respondió Tyler—. Tengo las transacciones de tu tarjeta y te sitúan en la posada de Shady Creek anoche. ¿Estabas en dos sitios a la vez?

—Pues claro que no. Debe de ser otro Jose Lombard, algún tipo de confusión de identidad.

Tyler negó con la cabeza.

—Las cámaras del hotel muestran cómo sales a las tres de la mañana de hoy, con ropa oscura y una bolsa de gimnasio. Subías a un camión blanco, uno que se parece peligrosamente al de Antonio, debo decir, y lo conducías hasta salir del aparcamiento.

—No tengo un camión blanco. Ya te digo que se trata de otra persona. —Las palabras de Jose salían en pequeñas explosiones, como si intentara recuperar el aliento.

—No —la voz de Tyler sonaba calmada y controlada—, eres definitivamente tú. No volviste al hotel hasta las nueve de la mañana, pero entonces se reconoce perfectamente tu cara en la grabación de seguridad. Volviste con una ropa diferente y sin la mochila que llevabas antes. La ropa estaba limpia, sin manchas de sangre ni pruebas de la escena del crimen. ¿Dónde has tirado la ropa ensangrentada, Jose?

—¿Cómo? Yo no… Debe de haber algún error —Negaba con la cabeza, pero le brillaba la cara del sudor.

—No es ningún error, Jose. El dueño del hotel te ha reconocido. Dice que ibas con frecuencia. Que esta vez no conducías tu Cadillac. Te vio llegar en una furgoneta con cabina, tu camión de reparto, supongo. Confirmaremos eso con el vídeo de seguridad. El dueño dice que después te fuiste con un camión blanco, misma marca y modelo que el de Antonio. El lugar de alquiler de camiones también confirma que alguien que utiliza tu carné de conducir alquiló un camión el viernes y lo ha devuelto esta tarde. Creo que intentabas hacerte pasar por tu hermano.

—¡Eso es ridículo! ¿Por qué iba a hacer eso? —Jose le miró fijamente.

—¿Por qué ibas a alquilar un camión si ya tenías la furgoneta y el Cadillac a tu disposición? A menos que quisieras conducir por ahí sin que nadie lo supiera. A menos que quisieras ir plantando pruebas incriminatorias contra tu hermano.

—¡Eso es mentira! —dijo Jose totalmente enrojecido—. Antonio mató a Richard y lo sabes. Llegó a amenazarle el viernes delante de mí y otros testigos, sheriff. Pregunta a Cendrine, Pearl o Trina. Todas escucharon a Antonio decir que iba a matar a Richard.

—Una mala elección de palabras —repuso Tyler—, pero las amenazas de Antonio en el calor de una discusión no prueban un asesinato. Tus acciones sí que necesitan una explicación.

—No voy a responder a esas acusaciones sin base. No tienes pruebas.

Tyler se acercó a Jose y le tapó la salida.

—Tengo muchas pruebas.

La cara de Jose se puso roja.

—Quizás debería llamar a mi abogado.

—No es mala idea —dijo Tyler con los músculos de la cara tensos.

Cuando Antonio escuchó la acusación de Jose, se le abrieron los ojos como platos.

—¿Alguna vez me has visto ser violento?

Trina apretó el brazo de Antonio y se acercó a él.

—Eres el hombre más amable que conozco. No harías daño a una mosca.

—¿Por qué iba yo a matar a Richard? —dijo Jose jurando por lo bajinis—. Yo trabajaba con él, intentaba que Antonio entrase en razón y vendiéramos la bodega que no deja de perder dinero. Estaba ayudando a Richard a evitar un embargo desastroso y a la vez conseguir un buen precio por la bodega.

—Mentiroso —dijo Antonio—. Querías vendérsela a Desiree, nuestra competidora. Ahora ya me queda todo claro. Mamá y papá estarían avergonzados. Vender a alguien que embotella mezclas baratas y las hace pasar como vino de la región. ¿Y luego matar a alguien y cargarme el muerto? Ahora sí que has caído bajo.

—Es imposible que yo matara a Richard —protestó Jose—. El sótano tiene un cierre biométrico. Solo se desbloquea con la huella de Antonio.

—Eso nos ha costado —intervino Tyler—. Es cierto que es muy difícil, no imposible, burlar un escáner de huellas. Las huellas dactilares son únicas, las probabilidades de que dos personas tengan huellas idénticas son de una entre sesenta y cuatro millones. Eso hace que sean extremadamente improbable, porque hay ocho mil millones de personas en el planeta. Incluso aun siendo hermanos, vuestras huellas son diferentes. Es muy difícil falsificar una. Aparte de las líneas visibles para el ojo humano, hay otras marcas y hendiduras que solo se ven con microscopio. Los fabricantes han tenido en cuenta todo eso para diseñar la cerradura.

—¿Entonces a qué viene todo esto? —dijo Jose con los brazos en alto.

La expresión de Tyler era impenetrable.

—A que hay otra forma de pasar el escáner biométrico. Una persona con acceso administrativo puede desactivar el escáner reiniciando los ajustes de fábrica.

Jose frunció el ceño.

—¿Cómo iba a hacer eso? No sé nada sobre esa cerradura. Nunca la he tocado. Antonio no llegó a consultarme antes de instalarla, y eso que nos costó una pequeña fortuna.

—Todo lo que tienes que saber está aquí. —Saqué el manual de SecureTech, el que venía con mi cerradura encantada, el mismo modelo que el del sótano de Lombard.

—¡Eh! —gritó Antonio—. Habéis encontrado mi manual, ¿dónde estaba?

—Eso ahora no importa, Antonio —dije.

Tyler se giró hacia Jose.

—Antonio no perdió el manual de SecureTech. Tú encontraste el manual en la casa, en la mesa de la cocina, y lo leíste. Estudiaste el funcionamiento. Antonio había dejado el manual fuera para que lo leyeras y aprendieras a poner tu propio código y huella dactilar. Entonces viste que Antonio había apuntado su código en el manual. Ahí te percataste de que podías incriminar a Antonio del asesinato de Richard. El cadáver en el sótano suponía un caso sencillo porque nadie más que Antonio podía abrir la puerta. Al menos, eso querías hacernos creer a todos. Por eso te negaste a poner tu propio código y no querías que Trina tuviera el suyo. Tenía que haber una sola persona con acceso al sótano: tu hermano Antonio.

—¡Mentira! —dijo Jose cruzándose de brazos.

—Esperaste al día en que Antonio estaba distraído con otra cosa fuera y el sótano estaba abierto. Seguiste las instrucciones del manual para reiniciar el lector biométrico de la puerta y volver a los ajustes de fábrica, que no incluyen huella. De acuerdo con las instrucciones, solo te hacía falta que el administrador, Antonio, te abriera la puerta para empezar el proceso. Una vez abierta, introdujiste su código para desactivar el escáner. Cuando estuvo deshabilitado, solo necesitabas el código de cinco números para abrir la puerta. Ya no había escáner. No podía activarse a menos que se insertara la herramienta especial y se grabara una huella nueva. Hasta donde Antonio era consciente, la cerradura funcionaba. Introducía su código y después escaneaba el dedo. No sabía que habías desactivado el escáner así que seguía haciendo ambos pasos. Se quejaba de que la luz verde ya no aparecía, y asumió que la bombilla estaría fundida. Pero la realidad es que la luz no se encendía porque el escáner biométrico no estaba en uso.

—¿Entonces por qué vi a Antonio marcharse del festival esta mañana detrás de Richard? —preguntó la tía Pearl—. Parecía casi una persecución.

—Sí, viste a Richard marcharse en su coche, pero Antonio no le siguió. Era Jose con el camión que tanto se parece al de Antonio. Jose llevaba una chaqueta ancha para parecerse a su hermano mayor. Es fácil confundir a dos hermanos dentro de la cabina de un camión.

—¿Crees que no soy capaz de diferenciarlos? —dijo la tía Pearl negando con la cabeza—. No se me ha ido la olla aún, sheriff.

—Lo sé, Pearl. Sin embargo, hay una cámara de seguridad que

confirma que tu línea temporal está un poquito desfasada. Es comprensible, teniendo en cuenta que estabas en mil cosas a la vez —dijo Tyler levantando las cejas—. De acuerdo con el bedel del colegio, cuando abrió el gimnasio poco antes de las siete de la mañana, Richard y Desiree ya estaban en el aparcamiento. Estaban sentados en el Corvette de Richard, esperando a que les dejaran entrar. Abrió la puerta del gimnasio y ambos comenzaron a descargar el vino del Corvette de Richard y a meterlo al gimnasio.

»Poco rato después, Jose llegó desde Shady Creek. Los tres hablaron unos minutos y salieron del aparcamiento en dos vehículos: el Corvette de Richard y Desiree y el camión alquilado de Jose. Se dirigieron a Vinos Lombard. La cámara del Gas n'Go pilló a ambos coches.

La tía Pearl frunció el ceño, pero no dijo nada.

—Solo Jose sabe cómo convencer a Richard para que le siga a la bodega —añadió Tyler—. Tenía que ser una razón lo suficientemente importante como para que abandonara el festival. Supongo que Richard pensó que era algo que podía solventar rápidamente y llegar a tiempo para cuando empezara el evento. Era posible que Antonio hubiera reconsiderado sus opciones y quisiera vender a Desiree.

»Una vez en Vinos Lombard, invitaste a Desiree y a Richard al sótano, con la excusa de que Antonio les esperaba allí para discutir si la venta podía realizarse antes del embargo. Quizás hasta les prometiste una buena botella de vino para sellar el trato.

—¿Por qué iba a matar a Richard? —preguntó Jose—. No tenía ninguna razón. Nos estaba ayudando con nuestros problemas financieros.

—El dueño del hotel de Shady Creek dijo que había algo fuera de lo normal en tu último registro —continuó Tyler—. Estabas solo. Normalmente, ibas con una mujer rubia. Estoy hablando de ti, Desiree LeBlanc.

Desiree ahogó una bocanada de aire. El anillo de diamante brilló bajo las luces al llevarse la mano a la boca.

—¡Eso es mentira! Yo nunca he estado en ese hotel.

—La grabación de seguridad no miente, Desiree. La policía de

Shady Creek está repasando las dos últimas semanas de vídeo, pero ya os han encontrado allí juntos en cinco o seis ocasiones diferentes.

—Bueno, yo no estuve anoche, sheriff, ni hoy. —Desiree se levantó y señaló a Tyler con el dedo índice—. Tienes que centrarte en Antonio. No llegó al festival hasta las ocho y media. Eso le dio tiempo de sobra para matar a Richard.

—No, de hecho salió de la bodega bastante pronto. Antes de que Antonio y Trina llegaran al festival, fueron a desayunar, así que salieron de Vinos Lombard a eso de las siete. Pero creo que tú ya lo sabías, porque Jose les vio marcharse. Cuando todo estaba despejado, se encontró con Richard y contigo en el festival. Te aseguraste de que Richard estuviera allí a tiempo, antes de que llegara mucha gente. No querías muchos testigos. Condujisteis detrás de Jose hacia Vinos Lombard.

Toda la gente del bar estaba muda.

—¿Por qué íbamos a hacer eso el día del festival del vino, sheriff? No queríamos irnos.

Desiree negó con la cabeza como si sintiera lástima de que Tyler fuese tan estúpido.

—Jose os dijo a Richard y a ti que había conseguido que Antonio cambiara de opinión a última hora. Antonio estaba deseando hacer negocios contigo, Desiree, y evitar el embargo. Eso era un reclamo para el beneficio de Richard, pues tú también estabas en el plan. Le diste un argumento convincente sobre la importancia de cerrar el trato antes de que Antonio volviera a cambiar de opinión.

—¡Qué imaginación, sheriff! —rio Desiree—. Es la cosa menos creíble que he escuchado jamás.

—El examen médico confirmará la hora de la muerte cuando le hagan la autopsia el lunes —siguió Tyler—, pero basándonos en la baja temperatura del sótano y en las condiciones del cuerpo de Richard, ya llevaba muerto unos cuantos minutos. Supongo que una hora como poco. Antonio no tenía que volver a la bodega ese día, pero tuvo que hacerlo por circunstancias imprevistas. Se quedó sin vino.

Tyler miró inquisitivamente a la tía Pearl antes de volverse a Jose.

—Jose, nunca pensaste que Antonio podría volver a casa antes de la tarde. Es más, casi te pillan en pleno acto. El plan era que Antonio descubriera el cuerpo de Richard en el sótano después del festival. Todo le señalaría a él como el asesino: estar en la escena del crimen, que solo él pudiera abrir el sótano, su enfado con Richard y la desesperación de perder su negocio y su hogar.

»Después de que Jose hubiera matado a Richard, salió del pueblo para eliminar toda sospecha, se cambió la ropa, se limpió y se deshizo de todas las pruebas. —Tyler se giró hacia Desiree—. Mientras tanto, tú, Desiree, llevaste el coche de Richard de vuelta al festival y aparcaste en el mismo lugar. Quedaban horas para que empezara todo. El bedel se había ido después de abrir, creyendo que no pasaba nada por hacerlo porque Richard y tú ya estabais dentro. Los pocos participantes que habían llegado estaban ocupados descargando y montando. No se darían cuenta de que un coche particular desapareciera un ratito. La única otra testigo que vio el Corvette abandonando el lugar fue Pearl West, quien, al parecer, había llegado pronto.

—Tuve que hacer noche allí para conseguir un buen aparcamiento —dijo la tía Pearl—. Aunque luego lo perdí por las absurdas normas del sheriff.

Tyler ignoró el desafío.

—Pearl vio que el Corvette de Richard se iba y asumió que solo iba Richard en él porque estaba ocupada y no se fijó demasiado. También confundió a Jose con Antonio. Además, Jose no llegaría hasta una hora más tarde, cuando Trina y él ya habían terminado el desayuno en el restaurante. La tarjeta de crédito y otros testigos del restaurante corroboran esos hechos en ese momento.

—¿Antonio tiene coartada? —dijo Jose boquiabierto.

—Una coartada sólida —afirmó Tyler.

—Eso no es cierto —dijo Desiree—. El coche de Richard no salió del aparcamiento.

—No, Desiree. Después de que Richard muriera, tú llevaste el Corvette al festival del vino. El resto de vendedores estaban centrados en sus propios puestos y nadie miraba quién entraba y salía. Pearl vio el coche al irse, pero no le dio tiempo a ver quién iba en él. Es así, porque la misma cámara muestra al Corvette en la vuelta. Llegaste incluso a aparcarlo en el mismo sitio. Aunque cometiste un terrible error.

»Empezó a llover, algo inesperado pues según la previsión del tiempo, iba a ser un día soleado. Richard esperaba un día seco, así que había quitado la capota por la mañana. Al primer indicio de lluvia, el dueño de un descapotable volvería afuera y lo taparía. Pero la persona que volvió a aparcar el deportivo no sabía hacerlo o no pensó en hacerlo. No es un error que cometería el dueño de un coche antiguo.

»Querías el Corvette aparcado en ese lugar porque sabías que después los asistentes del festival lo verían y recordarían falsamente haber visto a Richard por allí.

Me acerqué a donde estaba Desiree.

—Por eso te inventaste excusas sobre el paradero de Richard en el festival. Querías hacerme creer que estaba allí, durante la mañana, al menos. Sin embargo, ya sabías que estaba muerto. Tú eras parte de todo esto.

—Yo no tenía nada que ver con esto —dijo Desiree cruzándose de brazos—, menos por lo de decirle a Richard que estaba deseando hacer una oferta para la bodega.

—Yo tampoco tengo nada que ver —aclaró Jose—. Quería quitarme la bodega de encima. ¿Para qué iba a matar a Richard después de tener un comprador? Es cierto que no quería el embargo, pero hasta de ahí habríamos sacado algo de dinero. Un embargo era mejor que perderlo todo. La bodega nos estaba sangrando todo el dinero.

—¿Quién ha dicho que tu motivo fuera financiero? —preguntó Tyler.

—¿Qué? —respondió Jose.

—Lo de encontrar un comprador para la bodega era mentira, ¿verdad, Jose? Querías a Richard fuera del mapa porque te enamoraste de Desiree. Ella te prometió dejarte el dinero para pagar la parte de Antonio, pero rechazaste la oferta. ¿Por qué? Porque según el acuerdo de posesión de Vinos Lombard, Antonio podía hacer una contraoferta y dejarte fuera. Eso os dejaría en empate, así que necesitabas otra forma de que Antonio renunciase a la bodega. Si iba a la cárcel por asesinato, no le quedaría más remedio.

—Tú mataste a mi pobre Richard —lloró Desiree—. Jose, eres un monstruo.

—Deja de quitarte las culpas, Desiree —dijo la tía Pearl—. Sabes demasiado como para declararte inocente. Estabas furiosa porque Richard se iba a reconciliar con Valerie, así que pasaste página con Jose. No solo querías que Richard pagara, también querías quedarte con Vinos Lombard por un módico precio en el proceso.

CAPÍTULO 29

El bar estaba tan en silencio que se podía oír el latir de los corazones de la gente.

La policía de Shady Creek había estado esperando fuera del Puesto de Brujas hasta que Tyler les diera el aviso. Entraron al bar y avanzaron hacia Tyler a zancadas.

Jose maldijo para sus adentros cuando un policía se le acercó.

Desiree miraba el bar de arriba abajo, esperando que alguien o algo la rescatara. No iba a pasar.

Todo el mundo había sacado el móvil y estaba sacando fotos de los fugitivos de Westwick Corners.

—Saca las manos de los bolsillos, por favor —le dijo Tyler a Jose.

Jose hizo lo que le pedían.

—Quedas arrestado por el asesinato de Richard Harcourt. —Tyler le leyó a Jose sus derechos y lo esposó con las muñecas a la espalda antes de entregárselo a uno de los agentes de Shady Creek.

—¿Todo esto es necesario? —dijo Desiree intentando librarse del firme pero educado agarre de Earl en vano—. Mi abogado pagará la fianza antes de que llegue a Shady Creek.

Tyler se giró hacia Desiree, le juntó las manos y las esposó.

—Tú misma has hecho que sea necesario. No toleraremos asesinos sueltos en Westwick Corners.

Algunas personas aplaudieron.

Tyler levantó la mano y las detuvo rápidamente.

Desiree dio un puntapié.

—¡No soy una asesina! ¿Cuántas veces tengo que decírtelo? Jose está obsesionado conmigo. No puedo evitar que los hombres hagan locuras por mi amor. Nunca le pedí que hiciera nada. Nunca haría daño a nadie, mucho menos a Richard, el amor de mi vida.

Jose maldijo de nuevo. Se dirigió a Desiree pero la policía le retuvo.

La tía Pearl señaló a Desiree.

—Eres tan mala como Jose, eras la cabeza de todo esto. Utilizaste a Jose a tu antojo. Querías tener el control de Vinos Lombard y deshacerte de tu novio a la vez. Buena suerte buscando a un abogado porque nadie de este pueblo te representará.

—No hay abogados en Westwick Corners —dijo mamá tirándole de la manga.

—Porque no los necesitamos, Ruby —contestó apartando el brazo—. Repartimos nuestra propia justicia.

—De la justicia me encargo yo, Pearl —dijo Tyler frunciendo el ceño.

—Aquí no toleramos criminales, Desiree —prosiguió Pearl ignorándole—. Porque eso es lo que eres. La única luz solar que vas a ver es la del patio de la cárcel.

Tyler se volvió hacia Pearl. Tenía la boca girada en una especie de sonrisa leve.

—Por una vez, estamos de acuerdo.

—Por fin has hecho tu trabajo, sheriff —dijo la tía Pearl—. Supongo que aún queda algo de esperanza contigo.

—Gracias por el cumplido —contestó Tyler sonriente.

—Ah, una última cosa, sheriff: tengo algo para ti. —La tía Pearl rebuscó en el bolsillo y sacó una gran llave de cobre—. Es la llave de la ciudad. Gracias por tu trabajo duro.

—Vaya… Pearl, gracias —dijo Tyler con el ceño fruncido—. ¿Normalmente no es el alcalde el que entrega esto?

—¿Crees que él controla el cotarro? —preguntó con sorna—. Qué va, él solo es la cabeza representante. En este pueblo no pasa nada sin que yo lo apruebe.

—Estoy muy contento de haber resuelto el asesinato de Richard y sacar a dos asesinos de las calles —rio Tyler.

—Tampoco te lleves todo el mérito —contestó Pearl—. No lo habrías hecho sin Cen y sin mí. Lo hemos hecho genial.

—¿Ah, sí? —Era la primera vez que la tía Pearl me reconocía el mérito de algo. Era un cumplido de rebote, pero lo aceptaría.

CAÍA LA NOCHE y yo estaba fuera del Puesto de Brujas. Temblaba con la fría brisa, deseando haber cogido mi chaqueta. Me quedé mirando cómo se llevaban a Jose y a Desiree, cada uno en un coche de la policía de Shady Creek. Primero, entró Jose y se abrochó el cinturón en uno de los coches. Nos miró desde el asiento trasero y se lo llevaron rápidamente.

Un agente uniformado le puso la mano en la cabeza a Desiree con actitud protectora mientras la guiaba al interior del segundo coche. Me asustaba pensar que ese hombre inocente se hubiera dejado arrastrar a un asesinato tan fácilmente. Por suerte, los asesinos de Richard ya estaban arrestados y pronto se enfrentarían a la justicia.

También me sentía aliviada de que el festival hubiera terminado un año más. Había habido mucho drama, aunque quizás ahora que Desiree se había ido, podía volver a ser un evento divertido en un pequeño pueblo.

A pesar de todo lo ocurrido, el festival había seguido, se habían hecho negocios, aunque los jueces habían sido un fiasco. Muchos vendedores habían llegado a declarar ventas superiores a otros años.

La ausencia de Richard había demostrado que no era indispensable después de todo.

Y Desiree no volvería a competir en mucho tiempo.

Exhalé y sentí que toda la tensión acumulada del día por fin abandonaba mi cuerpo. Había sido un día increíblemente agotador, y también trágico. Nada había salido según el plan.

El día no parecía estar completo. Había algo que me rascaba el subconsciente. ¿No quedaba algo pendiente?

Ah, sí. La sorpresa de Tyler.

Obviamente, esos planes no seguirían adelante. Hasta que no se resolviera el crimen y se atrapara a los culpables, el caso no estaría cerrado. Había que exponer los cargos, terminar el papeleo y hacer interrogatorios. Tyler tendría que ir a Shady Creek para dejar todos los cabos atados. Probablemente, no le vería en un día o dos.

Mi sorpresa tendría que esperar.

Miré a Antonio, que estaba al lado de Trina cogiéndole la mano.

¿Estarían todavía bajo los efectos del hechizo o sería amor verdadero?

La tía Pearl me agarró del brazo y me susurró:

—Algunos hechizos no deben romperse, Cen. Ni lo intentes.

CAPÍTULO 30

*L*a mañana estaba soleada pero fresca cuando llegué al hostal. Mamá estaba esperándome fuera, en los escalones de la entrada.

Me había pedido que fuera inmediatamente porque necesitaba ayuda con algo urgente. Normalmente se las apañaba sola, así que dejé lo que estaba haciendo y fui a ayudarla lo más rápido que pude.

—¿Por qué estás disfrazada? —dije mirándola de arriba abajo con sospecha.

—No estoy disfrazada, solo es ropa vieja de jardinería.

—Nadie se viste de lino para hacer jardinería —dije negando con la cabeza—. Y menos de lino blanco.

—¿Qué más da? —dijo silenciándome con un movimiento de mano—. Si quiero hacer jardinería vestida de lino, lo hago. Pero bueno, eso no es lo que importa. Date prisa o llegaremos tarde.

—¿Tarde a dónde?

No me contestó, pero me agarró la mano con firmeza. Tiró de mí con una fuerza sorprendente y me llevó por el lateral de la casa.

Mamá nunca llevaba faldas y casi nunca usaba maquillaje. Parecía que se hubiera vestido para una fiesta, pero no recordaba que tuviéramos intención de ir a ninguna parte.

—Eh… No podemos llegar tarde para esa cosa del jardín con la que tienes que ayudarme.

A estas alturas, estaba prácticamente arrastrándome. Caminé rápido para que dejara de tirarme del brazo.

Casi se podía decir que mamá llevaba el hostal ella sola. No había mucho en lo que delegase, así que me daba mucha curiosidad pensar en cuál sería mi tarea. Se me morían todas las plantas y no era capaz de distinguir una perenne de una caduca o una mala hierba. Era todo un misterio por qué una bruja con talento para la jardinería iba a necesitarme.

Estudié el atuendo de mamá con más atención cuando llegamos al camino de piedra que bordeaba la casa. La camisa de lino blanco y la falda beige eran prendas de diseñador. Además de ser totalmente inadecuadas para la suciedad y la tierra de la jardinería, eran caras. Llevaba sandalias beige con los dedos abiertos y motivos florales.

Unos zapatitos de verano muy monos que nunca había visto.

Obviamente, los había comprado hacía poco porque compartíamos la misma talla y nunca los había visto en mis típicos asaltos a su armario. Era sospechoso.

—¿Qué quieres que haga exactamente?

—Lo verás enseguida —dijo acelerando el paso.

Al pasar por el aparcamiento, me fije en el deportivo de Brayden en una esquina. Estaba fatal aparcado, ocupando dos plazas al estilo descuidado de Brayden. Se me hundieron los hombros al pensar en ver a mi absorto exprometido. Brayden, que como alcalde también era el jefe de Tyler, no tenía motivos para estar allí. Nos evitábamos todo lo posible así que le habrían obligado a venir.

—¿Mamá? — Me apretó el brazo más aún y no contestó—. ¿De qué va todo esto?

—Ya lo verás —contestó con una sonrisa críptica.

No me gustaban las sorpresas, sobre todo si tenían que ver con mi exnovio. Pero mamá ya lo sabía. ¿Qué se traía entre manos?

Al doblar la esquina y entrar en el jardín trasero, me fijé en unas cintas de papel crepé blanco que caían desde lo alto del techo del cenador.

Justo en nuestro camino había un arco de dos metros y medio hecho de globos rosas, el mismo tono que las rosas Queen Elizabeth que rodeaban el cenador.

—¿Se casa alguien? —pregunté girándome alarmada hacia mamá.

—Shhh —dijo con un dedo en la boca. Me acercó más a ella y un arpa empezó a entonar una melodía conocida. La canción era bella y enérgica, todo al mismo tiempo.

Miré al escenario y me sorprendí al divisar a Lacey Ratcliffe sobre esta. No sabía que tocaba un instrumento, ni mucho menos el arpa.

Después de un par de falsos comienzos, escogió un ritmo. Era una canción que conocía bien.

Aquí viene la novia,

Aquí viene la novia,

De repente, la canción se detuvo como si alguien hubiera cortado la luz.

—¡Mamá! ¿Qué pasa? —Vi a unas cuantas personas, como una docena, vestidas con atuendos formales y mirándonos. Mi voz sonó más fuerte de lo que había pretendido, y dura en contraste con la dulce melodía del arpa. Sentí todos los ojos posados en mí y me di cuenta de que era la única que iba vestida de forma casual, con unos vaqueros y una camiseta. Me enrojecí por completo de vergüenza. Era obvio que se trataba de un evento formal, y yo iba completamente inadecuada para la ocasión. Me sentía como si fuera desnuda y quería huir bajo el cenador.

A juzgar por las filas de asientos que flanqueaban el arco de globos, era una boda improvisada.

Ver a Brayden enfrente solo confirmó mis miedos. Llevaba el mismo traje oscuro que se había comprado para nuestra boda. Lo nuestro no había funcionado, pero el traje le había venido fenomenal. Brayden llevaba el mismo traje para cada boda, funeral o evento formal. Como alcalde, solía oficiar bodas. Claramente, esta era una.

No teníamos clientes en el hostal y no sabía de nadie del pueblo que fuera a casarse. Yo tampoco había recibido ninguna invitación de boda últimamente, ¿quién se casaría?

Tragué saliva.

No podía ser.

No.

No podía ser mi boda. Yo no había dicho ningún «sí, quiero». Tyler y yo habíamos hablado de matrimonio un día, pero en términos generales. Ambos queríamos algo simple, no algo con este montaje tan elegante.

Los matrimonios de escopeta eran una cosa del pasado y Tyler era demasiado progresista para eso.

Además, ¡no estábamos prometidos!

Me giré hacia mamá para obtener respuestas, pero ya no estaba a mi lado. Busqué entre la multitud, pero con tanta gente arremolinándose era difícil tener una vista completa del jardín. ¿A dónde había ido y por qué me dejaba allí? ¿Y por qué no me había dicho el código de etiqueta y me ahorraba ese bochorno? Se me formó un nudo de temor en el estómago.

¿Era la única que no sabía nada de la boda?

Estaba buscando una forma de escapar sin que nadie me viera cuando crucé mi mirada con la de Brayden. Sonrió y me guiñó un ojo.

De pronto, la tía Pearl apareció a mi lado.

—¡Cendrine! Ya es hora de que vengas. Espero que no estuvieras perdiendo el tiempo con ese estúpido periódico tuyo. Todo el mundo sabe ya lo que le pasó a Richard, no tiene sentido que hagas una noticia.

—No estaba… —Me detuve. No quería empezar una discusión—. ¿Esto es… una boda de escopeta?

—¿Una boda de escopeta? —dijo con los ojos entrecerrados—. ¿De qué estás hablando?

—He escuchado la canción de boda, así que he pensado que…

—¡Ah, eso! —se burló la tía Pearl—. Es porque Lacey está aprendiendo a tocar el arpa y solo se sabe un par de canciones. Te ha costado llegar y tenía que entretener a la gente mientras esperábamos.

—¡Qué alivio! He visto a Brayden y con la música…

—¿Qué le pasa a la música? —me interrumpió—. Estaba bien para

María Antonieta y está bien para ti. Siempre tiene que ir de ti la cosa, ¿no, Cen?

—No quería decir que no fuera...

—¡Lacey lleva semanas practicando! —La tía Pearl dio tal grito que me pitaron los oídos—. ¡Lacey! ¡Toca esa canción!

La interpretación de *Greensleves* de Lacey parecía flotar en el ambiente. Estaba embaucada cono la preciosa canción pero seguía sin tener ni idea de lo que estaba pasando.

Quería hacerle más preguntas a la tía, pero me daba miedo la respuesta. Decidí disfrutar el momento.

Justo entonces, Tyler apareció a mi lado con unos pantalones caquis y una camisa de golf. Por suerte, llevaba ropa casual, igual que yo.

La tía Pearl me agarró del codo un poco más fuerte de lo necesario y me arrastró al lado del cenador donde estaba ahora mamá. Tyler nos siguió.

—Ejem. —La tía Pearl me soltó el brazo y se puso cara a cara con expresión solemne—. Me alegro de haber pasado tanto tiempo enseñándote todo lo que sé, incluso aunque no absorbas mucho. Durante mucho tiempo me pareció una pérdida de tiempo, pero al final, al final, ha merecido la pena.

—Demasiada información —dije sin tener muy claro a dónde quería llegar con esto.

—Bueno, sigue intentándolo, Cen. Quizás si sigues así puedas llegar a ser tan apañada como yo. Los milagros pueden ocurrir.

—Gracias, tía Pearl. Es casi un cumplido —dije con intención sarcástica, aunque no sonó así.

Me alegré de que no hubiera sido así porque lo que ocurrió después me sorprendió.

—Eh, esto... —La tía Pearl se aclaró la garganta y dio la vuelta rápidamente.

No le dio tiempo a ocultarme las lágrimas que llenaban sus ojos. Murmulló un minuto, cogió unas cuantas bocanadas de aire y se volvió a aclarar la garganta.

—¡Ejem!

Parpadeó para contener las lágrimas.

—¡Felicidades, Cendrine West! Has sido ascendida a Bruja Senior. —La tía Pearl sacó un pergamino cuidadosamente enrollado de la chaqueta. Estaba atado con un lazo dorado—. Tenía planeado darte esto más tarde, pero supongo que este es tan buen momento como cualquier otro.

Le temblaba el labio inferior cuando me tendió el diploma.

—Es tuyo.

Desaté el lazo dorado con cuidado y desplegué el pergamino. Era un diploma. Tenía mi nombre escrito con una elegante caligrafía negra.

CENDRINE WEST
Ha obtenido el grado de
BRUJA SENIOR
al completar los materiales de estudio necesarios y obtener el aprobado en
BRUJERÍA Y HECHICERÍA en
LA ESCUELA DE ENCANTAMIENTOS DE PEARL.

La firma en rotulador dorado de purpurina rezaba «PEARL WEST» con letras gigantes. Entrecerré los ojos para leer la línea escrita con diminuta cursiva al final: *La Escuela de Encantamientos de Pearl es una academia de brujería acreditada por la AIAB, la Asociación Internacional del Arte de la Brujería*

—Gracias, tía Pearl. He tenido a la mejor profesora. —Una parte de mí estaba emocionada por haber conseguido finalmente el siguiente paso como bruja y que la tía Pearl reconociera mis habilidades.

Otra parte de mí sabía que hacía tiempo que había conseguido las calificaciones de Bruja Senior.

Fuera como fuere, era emocionante recibir mi diploma de la Escuela de Encantamientos de Pearl y que la tía reconociera que mis conocimientos excedían los de una novata.

Por supuesto, hacía tiempo que sabía que había dominado los hechizos y que estaba practicando como una bruja totalmente competente. También sabía que era mejor no rechistar. Era obvio para ambas que, en algunos casos, mis poderes excedían a los de la tía Pearl.

Algunos secretos estaban mejor guardados bajo llave.

—¿Sabes? Puede que el merlot tinto Hora de Brujas haya ganado la categoría de Mejor Nuevo Vino y la de Vino del Año, pero hay uno incluso mejor —dijo Tyler.

—Mamá ha ganado de forma justa —protesté. ¿Por qué se metía con ella?

Tyler señaló la barra del cenador, donde había una botella de vino blanco enfriándose en un cubo de hielo con cuatro copas alrededor.

—Permíteme presentarte la última creación de la Bodega Westwick. Es tan nuevo que no llegó a tiempo a presentarse al festival. El chardonnay Hechizado, creado especialmente para nuestra bruja senior recién graduada.

Me llevé la mano al pecho y me giré hacia mamá.

—¿Has hecho este vino solo para mí?

—No he sido yo —dijo negando con la cabeza—. Ha sido Tyler con un poco de ayuda mía y de Antonio. Por eso Antonio se retrasó ligeramente. Nos estaba ayudando a llegar a tiempo.

—Esa era la sorpresa. —Tyler descorchó el vino y nos sirvió una copa a cada uno.

—Ya puedo revelar mi misión secreta, Cen —añadió la tía Pearl—. He estado ocupada organizando esta juerga para ti. ¡Es tu ceremonia de bruja senior!

—¡Tía Pearl, eso es muy tierno! —Me sentía conmovida—. ¿Has pasado por todo esto por mí?

Se llevó un dedo a los labios.

—Ya sabes que no podemos decirle a la gente que eres bruja, así que he maquillado todo esto como una boda falsa. Así, puedes tener tu gran fiesta. Solo tienes que casarte de mentira y eso, claro…

Tyler rio.

—Me casaría contigo de mentira todos los días de la semana, Cendrine West. ¿Quieres tenerme como tu esposo de mentira?

—Sí, quiero.

* * *

¿TE HA GUSTADO BRUJERÍA MORTAL?

VE a por el último libro de la colección: Amor embrujado en San Valentín

www.colleencross.com

ACERCA DEL AUTOR

Colleen Cross escribe divertidos misterios paranormales y thrillers de misterio de ritmo rápido. Sus libros son auténticos bestsellers en ebook, en formato físico y en audiolibro. Vive con su familia cerca del mar, en la cosa oeste de Canadá. Cuando no está escribiendo, le gusta explorar los caminos forestales y los lagos del interior.

www.colleencross.com

OTRAS OBRAS DE COLLEEN CROSS

Los misterios de las brujas de Westwick

Caza de brujas

La bruja de la suerte

Bruja y famosa

Brujil Navidad

Brujería mortal

Serie de suspenses y misterios de Katerina Carter, detective privada

Maniobra de evasión

Teoría del Juego

Fórmula Mortal

Greenwash: Un Engaño Verde

Fraude en rojo

Luna azul

No-Ficción:

Anatomía de un esquema Ponzi: Estafas pasadas y presentes

¡Inscríbete su boletín para estar al tanto de sus nuevos lanzamientos!

http://eepurl.com/c0js9v

www.colleencross.com

www.ingramcontent.com/pod-product-compliance
Lightning Source LLC
Chambersburg PA
CBHW051226210726
48290CB00003B/823

* 9 781778 660184 *